Gedichte und Phantasien

Karoline von Günderode

Darthula nach Ossian

Nathos schiffet durch den Strom der Woogen

Ardan, Althos, seine Brüder mit,

Erins König, Caibars Zorn zu meiden

In geheimnißvolle Schatten kleiden

Dunkle Wolken ihren fliehnden Schritt.

Wer? o Nathos! ist an deiner Seite!

Traurig seufzt im Wind ihr braunes Haar

Lieblich ist sie, wie der Geist der Lüfte,

Eingehüllt in leichte Nebeldüfte;

Schön vor allen Collas Tochter war.

Ach Darthula! deine irren Segel

Eilen nicht dem wald'gen Etha zu.

Seine Berge heben nicht die Rücken

Und die Seeumwogten Küsten bücken

Turas Felsen schon dem Meere zu.

Wo verweiltet ihr des Südes Winde?

Schwelltet Nathos weiße Segel nicht?

Trugt ihn nicht zum heimathlichen Strande?

Lange blieb er in dem fremden Lande

Und der Tag der Rückkehr glänzt ihm nicht.

Schön, o König Ethas! warst du in der Fremde;

Wie des Morgens Strahl dein Angesicht.

Deine Locken, gleich dem Raben, düster

Deine Stimme, wie des Schilfs Geflüster

Wenn der Mittagswind sich leise wiegt.

Deine Seele glich der Sonne Scheiden,

Doch im Kampfe warst du fürchterlich.

Brausend wie die ungestümen Woogen

Wenn vom Nord die stürm'schen Winde zogen

Stürztest du auf Caibars Krieger dich.

Auf Selamas grau bemoosten Mauern

Sah dich Collas Tochter, und sie sprach:

Warum eilst du so zum Kampf der Speere!

Zahlreich sind des düstern Caibars Heere.

Ach! und meiner Liebe Furcht ist wach.

Freuen wollt ich dein mich, deiner Siege

Aber Caibars Liebe läßt mich nicht.

So sprachst du. Jetzt haben dich die Woogen

Mädchen! und die Stürme dich betrogen,

Nacht umringt dein schönes Angesicht.

Aber schweiget noch ein wenig Winde!

Ueberbraust Darthulas Stimme nicht!

Fürst von Etha! sind dies Usnoths Hallen?

Jene Ströme die von Felsen fallen

Sind es Ethas blaue Ströme nicht?

Hier empöret Erin seine Berge,

Ethas Felsenströme brüllen nicht.

Dennoch ruh hier an des Ufers Hügel

Denn mein Schwerd umgiebt wie Blitzes Flügel

Dich du Liebliche, du schönes Licht.

Nathos: sagt das braun gelockte Mädchen,

Niemand hat Darthula außer dich,

Denn die Freunde sind mir früh gefallen,

Las um sie noch meine Klage schallen

Hör der Trauer Stimme, höre mich.

Abend ward einst, in der Wehmuth Schatten

Bargen meines Landes Eb'nen sich,

Ueber hoher Wälder Wipfel schritten,

Einzle Lüfte, die aus Wolken glitten,

Da umgaben Trauerschatten mich.

Die Gestalten meiner Freunde gingen,

Traurig, Geistern gleich, an mir dahin.

Da kam Colla mit gesenktem Schwerdte

Seinen Blick geheftet an die Erde,

Brennend glühte noch die Schlacht darin.

»Collas letzte einzige Hoffnung sprach er;

Braungeloktes Mädchen! Truthil fiel.

Siegreich kehrt dir nicht der Bruder wieder,

Zu Selama naht Erins Gebieter,

Mit ihm Tausende im Schlachtgewühl.«

Ist des Kampfes Sohn gefallen? seufzt' ich!

Hat der lange Schlaf sein Aug verhüllt?

O! so schütze mich der Jagden Bogen

Glücklich oftmahls meine Pfeile flogen,
Tödlich für das dunkelbraune Wild.

Freud umstrahlt den Greisen. Ja Darthula!
Deine Seele brennt in Truthils Glut,
Geh', ergreif das Schwerdt vergangner Schlachten!
Also Colla: seine Worte fachten,
Höher noch in mir des Kampfes Muth.

Wehmuthsvoll vergieng die Nacht, am Morgen
Schimmerte im Stahl der Schlachten ich. –
Caibar saß zum Mahl in Lonas Wüste,
Als Selamas Waffengang ihn grüßte;
Seine Führer rief er da zum Krieg.

Warum soll ich Nathos! dir erzählen
Von des Kampfes schwankendem Geschick?
Ach! umsonst bedeckt von meinem Schilde,
Sank der Vater mir im Schlachtgefilde,
Und in heißen Thränen schwamm mein Blick.

Treulos zeigte da des Mädchens Busen,

Caibar mein zerrissenes Gewand;

Freundlich naht er, sprach der Liebe Worte,

Führte mich zu meiner Väter Pforte,

Aber Trauer meine Stirn umwand.

Da erschienst du Nathos! meinen Augen,

Freundlich wie ein Abendlich Gestirn.

Caibar schwand vor deines Stahles Sprühen

Wie der Nachtgeist vor des Morgens Glühen,

Doch es wölbte Trauer deine Stirn?

Meine Seele glänzte in Gefahren

Eh' ich dich, du schönes Licht! gesehn.

Aber unsre Segel sind betrogen,

Wolken, kommen gegen dich gezogen.

Und du wirst in ihrer Nacht vergehn.

Oscar weilest noch an Selmas Küste!

Oscar schiffe durch das dunkle Meer!

O daß Winde deine Segel schwellten!

Zittern würden dann Temoras Helden.

Friede wäre um Darthula her.

Wo wird Nathos deinen Frieden finden?

Wo Darthula? wo ist für dich Ruh?

Geister der Gefallnen! sprach Darthula;

Truthil! Colla! Führer von Selama!

Winkt ihr mir aus euren Wolken zu!

Nathos! reiche mir das Schwerdt der Tapfern.

Vater! ich will deiner würdig seyn,

In des Stahles Treffen werd' ich gehen,

Nimmer Caibars düstre Hallen sehen,

Nein! ihr Geister meiner Liebe! nein!

Freude glänzt in Nathos bei den Worten,

Die das schöngelokte Mädchen sprach:

Caibar, meine Stärke kehret wieder!

Komm mit Tausenden, Erins Gebieter!

Komm zum Kampfe! meine Kraft ist wach!

Ja er kömmt mit Tausenden! rief Ardan;

Schreckbar tönet ihrer Schwerdter Schall. —

»Laß zehntausend Schwerdter sich empören:

Usnoth soll von Nathos Flucht nicht hören,

Ardan! sag ihm; rühmlich war mein Fall.

Winde, warum brausen eure Flügel?

Woogen! warum rauscht ihr so dahin?

Wellen! Stürme! denkt ihr mich zu halten?

Nein, ihr könnts nicht, stürmische Gewalten

Meine Seele läßt mich nicht entfliehn.

Wenn des Herbstes Schatten wiederkehren,

Mädchen! und du bist in Sicherheit,

Dann versammle um dich Ethas Schönen,

Las für Nathos deine Harfe tönen,

Meinem Ruhme sey dein Lied geweiht. –

Nathos blieb gestüzt auf seinem Speere;

Schaurig pfiff der Nachtwind um ihn her

Aber bei des Morgens erstem Strahle,

Drang er vorwärts mit gezücktem Stahle,

Mit dem Führer eilt Darthula her.

Komm zum Zweikampf! ruft er Fürst Temoras!

Für Selamas Mädchen! – Caibar spricht:

Stolzer, du entflohst mir mit der Schönen

Wähnst du, Caibar kämpft mit Usnoths Söhnen?

Nein, er kämpft mit Unberühmten nicht.

In des königlichen Nathos Augen

Glänzen Thränen; und er wendet sich

Zu den Brüdern, ihre Speere fliegen

Rache dürstend, und gewiß zu siegen

Erins Reihn verwirren schwankend sich.

Da ergrimmet Caibars finstre Seele,

Und er winket, tausend Speere fliehn,

Usnoths Söhne sinken wie drei Eichen,

Die zur Erde ihre Wipfel neigen,

Wenn des Nordens Stürme sie umziehn.

Gestern sah sie noch der Wandrer blühen

Ihre stolze Schönheit freute ihn,

Heute beugte sie der Sturm der Wüste,

Sie, die gestern noch die Sonne grüßte,

Sprachlos starret Collas Tochter hin.

Höhnend naht ihr Caibar, Mädchen sahst du

Nathos Land, in fernes Blau gehüllt?

Oder Fingals dunkelbraune Hügel?

Ha! entrannst du auch des Sturmes Flügel,

Ueber Selma hätte meine Schlacht gebrüllt.

Caibar sprachs. Da rauscht ein Pfeil, getroffen

Sinkt sie, und ihr Schild stürzt vor sie hin.

Wie des Schnees Säule sank sie nieder,

Ueber Ethas schlummernden Gebieter,

Spreiten sich die dunklen Locken hin.

Da versammelten die hundert Barden

Caibars, um Darthulas Grabmal sich

Ihre Harfen rauschten um den Hügel,

Und es schwang sich des Gesanges Flügel,

Für der Mädchen Erins Schönste! dich!

Trauer schreitet an Selamas Strömen,

Schweigen wohnet in den Hallen nun.

Collas Tochter sank zum Schlafe nieder

O! wann grüßest du den Morgen wieder?

Schöngelockte! wirst du lange ruhn?

Weit entfernet ist dein Morgen, nimmer!
Stehst du mehr in deiner Schönheit auf;
Ach! die Sonne tritt nicht an dein Bette,
Spricht, erwach aus deiner Ruhestätte!
Collas schöne Tochter! steig herauf!

Junges Grün entkeimet schon dem Hügel,
Frühlingslüfte fliegen drüber her.
Sonne birg in Wolken deinen Schimmer!
Denn sie schläft, der Frauen Erste! nimmer
Kehret sie in ihrer Schönheit mehr.

Timur

Ermar hatte das Geschlecht von Parimor vom Thron gestoßen, Parimor selber, sein Weib und seine Freunde waren gefallen unter dem Schwerte des Ueberwinders, nur Timur sein einziger Sohn fiel lebend in Ermars Hände. Ungern unterwarf sich das Land dem Sieger, der die Burg des unglücklichen Parimor an der Nordküste der Insel bezog; und die höchste Gewalt mit seinem Bruder, dem wilden Konnar theilte.

Keiner von allen Freunden des gestürzten Königshauses wußte wo Timur sey, und ob er lebe? nur die Prophetin wußte es, die verschwiegne Seherin, die in einer Höhle am Eingang der Erde wohnte, sie sah die kommenden Schicksale, die Tiefen der menschlichen Brust, und des unglücklichen Timurs Ketten. Einsam lebte die Prophetin und verrichtete geheimnißvolle Werke, und von allen Sterblichen wußte nur Thia, die schöne Tochter von Ermar, ihre Wohnung. Die Seherin liebte das Mädchen, sie lehrte sie mancherlei Geheimnisse, und enthüllte ihr oft die Begebenheiten der Zukunft.

Einst sprach die Prophetin zu der Tochter von Ermar: Mädchen! fürchte das Geschick deines Vaters, seine Unthat hat den Geist der Rache erweckt; sieh hierher! Und sie zeigte dem erschrocknen Mädchen in einem Spiegel ein tiefes Gefängniß der Burg, und in dem Gefängniß lag auf moderndem Stroh, ein Jüngling mit brennenden Augen, und dichten braunen Locken; Thia konnte ihre Augen nicht sättigen an dem Anblik des Gefangnen; aber die Seherin sprach: dies ist der König dieses Landes, er schmachtet in Ketten, und dein Vater trägt die Krone die ihm gebührt.

Gedankenvoll eilte Thia zurück zu der väterlichen Burg, und suchte allenthalben nach einer Thüre die zu Timurs Kerker führen möchte. Im Nord war die Burg von rauhen Felsen umgeben, die bis zum Meere hinabreichten, in diesen Felsen entdeckte Thia zwischen Gesträusch und Nesseln versteckt, ein Gitter, das eine dunkle Tiefe verschloß; dies Gitter hatte sie in dem Zauberspiegel gesehen; und jeden Morgen ehe die Bewohner des Schlosses erwachten, und jeden Abend wenn die milde Dämmerung die Thaten der Liebe in ihre Schleyer verbarg, gieng sie dahin, setzte sich trauernd neben das Gitter, und seufzte: Timur! Timur! und ihr war als kämen liebe unsichtbare Arme aus dem Gitter herauf und hielten sie umschlungen, daß sie die Stelle nicht verlassen konnte, und es nicht achtete daß der rauhe Nachtwind sie umwehte, und der Thau des Himmels sie benetzte.

Zwei Jahre hatte Timur in dem Kerker geschmachtet, schon waren der Rache wilde Gedanken bleich und ohnmächtig geworden, und die Träume von Erlösung und Befreiung waren verträumt; schon glaubte er sich von allen Menschen vergessen, als ihm däuchte, er höre mit süßer Stimme seinen Namen flüstern, und jeden Morgen und jeden Abend hörte er dieselbe Stimme: Timur! Timur! rufen, und wenn er auf seinem Lager schlummerte, däuchte ihm, ein Engel mit glänzenden Locken und rosigten Wangen beuge sich über ihn her, drücke leise Küsse auf seine Lippen und seufze: Timur! Aber wenn er erwachte, vergingen die rosigten Wangen in Kerkernacht, die hellen Locken erbleichten, die Küsse verglühten, doch die süße Stimme flüsterte fort; und er wußte nicht, ob der Traum wirklich, oder das wirklich Scheinende, Traum sey.

Tage und Wochen waren so vergangen, als das Mädchen zu Ermar sprach: »Vater! der Mund der Prophetin verkündet dir Unheil und Verderben, wegen des Sohnes von Parimor, der unschuldig in deinen Ketten schmachtet, deine Ungerechtigkeit wird den Geist der Rache erwecken, fürchte ihn! Timurs Kraft ist gefesselt, erwiderte Ermar: wo ist der Arm der sich der Rache leihe? Fürchte, sprach Thia, die Zukunft und der Seherin untrügliche Worte; ich habe Timur gesehen, ich liebe ihn, gieb ihm die Freiheit, gieb ihn mir, feßle ihn durch ein heiliges Band an dich, oder fürchte auch deine Tochter. Aber Ermar blieb unerbittlich bis sich die einzige Tochter ihm zu Füßen warf, und ihm schwur den Geliebten zu seinem treuen Sohne und Freund zu machen, oder ihn zu verrathen, wenn er undankbar sey, und ihm den Dolch mitten in seinen Umarmungen in die Brust zu stoßen.

Timur lag in schweren Träumen, der Geist seines Vaters erschien ihm in blutige Grabtücher gehüllt, und sprach, räche mich! die Zeit ist gekommen. Timur erwachte, aber immer hörte er noch die Worte, die Zeit ist gekommen! er dachte noch darüber nach, als das Gitter sich öffnete; ein Krieger trat herein und hies ihn folgen. Schweigend, voll seltsamer Empfindungen gieng Timur hinter seinem Führer her. Jetzt waren sie auf den Felsen angekommen, der Krieger entfernte sich, und Ermar kam dem Jüngling entgegen. Die Zeit ist gekommen, räche mich, flüsterte eine Stimme in Timurs Seele: eine unsichtbare Gewalt trieb ihn; ehe Ermar noch gesprochen hatte, ergriff ihn der Jüngling, und schleuderte ihn die Felsen hinab, daß sein Blut hinunter rauchte bis zur See.

Die Bewohner des Schlosses versammelten sich, sie erkannten den Sohn ihrer Könige, und nannten ihn freudig Herr, und Gebieter. Als es aber Nacht wurde, trat Thia zu ihm, und sprach: »Ich habe dich geliebt, ich habe an der Thüre deines Kerkers gewacht, und deinen Namen der Nacht, und den Sternen vertraut; deine Freiheit ist mein Werk, aber du hast meinen Vater ermordet, du hast die schwere Blutschuld auf meine Seele gewälzt, darum hinweg von dir!

Und das Mädchen gieng, und kehrte nicht wieder. Da ward der König sehr traurig, die lärmende Jagd erfreute ihn nicht, und nicht der Becher, einsam stand er auf seinem Felsen, und sahe, und vernahm nichts als die Schrecken des nahenden Winters. Der Himmel war mit schweren Wolken bedeckt, eisigte Regen fielen herab, der Nordwind zerwühlte den Wald und trieb die falben Blätter in wilden Wirblen umher, die Brandung brauste an der Küste, und der krächzende Rabe unterredete sich mit dem Wiederhall. Monde vergingen so, und immer fielen kalte Regen und Schnee und der Himmel blieb dunkel wie die Seele von Timur; da versammelten sich die Freunde um ihn und sprachen: es ist nicht gut o König! daß du so einsam trauerst, komm! laß uns Thaten thun; Konnar herrscht noch jenseits der Berge mit eisernem Zepter über das Volk, komm! erobere dein Erbe, überwinde die Verräther! Der Jüngling gehorchte, er riß sich empor aus seinen Träumereien und stürtzte sich in das Gewühl der Schlachten zu Thaten und Ruhm.

Ungewiß schwankte das Glück zwischen Konnar und Timur, Timur war tapfer, Konnar fest und klug. Eine Schlacht entschied für Konnar, Timur mußte sich zurückziehen in die Gebürge. Der Tag verfloß im Getümmel der Gefechte, in Angriff und Vertheidigung, aber wenn die Nacht herniedersank, und den Kriegsgott in Schlummer einlullte, versammelten sich die Gefährten um Timur, und in den Schlüchten einsamer Gebürge, in der Nacht dichter Wälder, wo der spähende Feind sie nicht ahndete, errichteten sie ein lustiges Zelt, hundert Fackeln erleuchteten die Wildniß, der Freudenbecher gieng umher, eine süße Musik erscholl begleitet von den Stimmen braunlockigter Mädchen, und Timur schwelgte in Ruhm und Lust und Liebe, und seine Gefährten jauchzten in wilden Freuden.

Einst aber, da Timur allein war auf seinem Lager, und der Schlummer ihn floh, däuchte ihm er höre das Geräusch leiser Tritte, und da er noch lauschte, fühlte er sich plötzlich umschlungen von zarten Armen, und heiße sehnsuchtsvolle Küsse bedeckten seine Lippen; als er aber Morgens erwachte war sein Lager verlassen. Drei Nächte hatte schon die unbekannte Geliebte des Königs Lager besucht, als sie aber zum viertenmale kam, schloß er sie in seine Arme und schwur sie nicht zu lassen, bis sie sich ihm entdeckt habe, damit er seinen Thron und seine Hoheit mit ihr theilen könne. »Laß mich nur noch diesmal ungekannt von dir« sprach das Mädchen, »wenn die Nacht wieder kehrt und die Sterne wieder glänzen, wird ein schwarzes Roß vor dir stehen, dem vertraue dich, es wird dich dahin tragen, wo dir alles offenbar wird.« Der König ließ das Mädchen von sich gehen. Da es aber Nacht wurde fand er das Roß; eins sonderbarer Schauer durchlief sein Gebein, aber er schwang sich auf des Thieres Rücken, und es trug ihn durch unbekannte verworrne Pfade, durch Klüfte und Wälder, und blieb stehen vor einem prächtigen erleuchteten Pallast. Die Thore öffneten sich, zwei Knaben traten heraus, hielten ihm den Zügel und führten ihn in einen Saal. Eine milde Dämmerung herrschte, denn nur ein Halbmond über einem Becken in das sich duftendes balsamisches Wasser stürzte erleuchtete das Zimmer mit wechselndem Schimmer, bald glänzte der Mond in dunklem Purpur, dann in blassem Rosenroth, dann wieder blau wie der Bogen des Himmels, dann endlich wie der grüne Schmelz der Wiesen.

Staunend sah Timur eine Weile dem wechselnden Farbenspiel zu; da that sich die Thüre auf und viel schöne Mädchen kamen herein in allerlei fremden und sonderbaren Trachten; ein Blumenkranz wand sich um die blonden Haare der Einen, ein zierlich weißes Kleid umfloß sie. Eine Andere hauchte Arabiens Balsam, des Morgenlands köstlicher Thau umgab in glänzenden Reihen die dunklen Locken, und Gold gewürkt in persische Seide verhüllte die runden üppigen Glieder. Eine dritte in leichtem Silberflohr glich der Luft ätherischen Schönen; und das Holdeste aller Zonen schien versammelt um den Jüngling. Plötzlich glänzte das Wasser wie die Sonne und goß breite Lichtströme durch den Saal; eine Musik, wie Orgeltöne, ließ sich hören, eine liebliche Stimme begleitete die rauschenden Harmonien und schwebte über ihnen, wie eine leichte Frühlingsluft schwebt über dem brausenden Meer, aber die Töne wurden stärker und stärker, und verschlangen die Stimme in Wogen von Wohllaut. Die Mädchen umgaben den Jüngling, sprachen ihm freundlich zu, und jede sandte ihm heiße Blicke, als sey jede die Geliebte der Nacht gewesen. Forschend betrachtete sie der König, jede dünkte ihm hold und lieblich, aber sein Herz bewegte sich zu Keiner, sie ist nicht hier die ich suche, sprach seine innerste Seele.

Jetzt rauschten zwei Flügelthüren auf, ein prächtiger Saal zeigte sich von vielen Fackeln erleuchtet, die von den Marmorwänden wiederstrahlten; in der Mitte stand eine Tafel. Man setzte sich, der Wein perlte im Gold, die Mädchen nippten mit Rosenlippen an den Bechern, und reichten sie dann dem König; aber Timurs Seele war traurig, er senkte den Blick, und all die Herrlichkeit, und all die Schönheit gieng verlohren an ihm. Da er aber die Augen aufschlug sah er eine Gestalt an der Ecke des Saals ihn gegenüber, an eine Säule gelehnt stehen, sie war ganz schwarz und dicht verhüllt, und blieb immer unbeweglich. Timur betrachtete sie lange und oft, eine tiefe Sehnsucht zog ihn zu ihr; das Maal däuchte ihm unendlich lange, und es ward ihm erst wohl, als man sich erhob.

Die Mädchen verließen den Saal, aber jede sandte ihm noch einladende Blicke, er folgte Keiner, und sah sich endlich allein mit der schwarzen Gestalt, die Fackeln erloschen, nur ein einziges bleiches Licht durchdämmerte den Saal. Die schwarze Gestalt nahte sich ihm, und sprach: »Folge mir!« er gehorchte; und sie führte ihn durch seltsame unterirrdische Gänge, auf einen Fels. Der Mond glänzte eben im vollen Lichte, und Timur erkannte schaudernd den Fels und das Meer in welches er Ermar hinabgeschleudert hatte. Seine Führerin schlug den Schleier zurück. Es war Thia. Geist meines Vaters! rief sie, laß dich dieses Opfer entsühnen. Sie schlang ihren Arm um den König, und stürzte sich mit ihm die Felsen hinunter, daß ihr Blut sich mischte, und hinab rauchte zur wogenden See.

Don Juan

Es ist der Festtag nun erschienen

Geschmücket ist die ganze Stadt.

Und die Balkone alle grünen,

In Blumen blüht der Fürstin Pfad.

Da kommt sie, schön in Gold und Seide

Im königlichen Prunkgeschmeide

An ihres neu Vermählten Seite.

Erstaunet siehet sie die Menge

Und preiset ihre Schönheit hoch!

Doch Einer, Einer im Gedränge

Fühlt tiefer ihre Schönheit noch.

Er mögt in ihrem Blick vergehen

Da er sie einmal erst gesehen,

Und fühlt im Herzen tiefe Wehen.

Sein Blick folgt ihr zum Hochzeitstanze

Durch all der Tänzer bunte Reihn,

Er stirbet bald in ihrem Glanze

Lebt auf im milden Augenschein.

So wird er seines Schauens Beute,

Und seiner Augen süße Weide

Bringt bald dem Herzen bittres Leide.

So hat er Monde sich verzehret,

In seines eignen Herzens Gluth;

Hat Töne seinem Schmerz verwehret,

Gestählt in der Entsagung Muth;

Dann könnt er vohr'gen Muth verachten

Und leben nur im tiefen Schmachten,

Die Anmuthsvolle zu betrachten.

Mit Philipp war, an heil'ger Stätte,

Am Tag den Seelen fromm geweiht,

Sein Hof versammelt zu Gebete

Das Seelen aus der Qual befreit;

Da flehen Juans heisse Blicke:

Daß sie ihn *einmal* nur beglücke!

Erzwingen will ers vom Geschicke.

Sie senkt das Haupt mit stillem Sinnen

Und hebt es dann zum Himmel auf;

Da flammt in ihm ein kühn Beginnen,

Er steigt voll Muth zum Altar auf.

Laut will er seinen Schmerz ihr nennen,

Und seines Herzens heißes Brennen,

In heil'ger Gegenwart bekennen.

Laut spricht er: Priester! lasset schweigen

Für Todte die Gebete all.

Für mich laßt heisse Bitten steigen;

Denn größer ist der Liebe Quaal,

Von der ich wehn'ger kann genesen,

Als jene unglücksel'gen Wesen

Zur Quaal des Feuers auserlesen.

Und staunend siehet ihn die Menge

So schön verklärt in Liebesmuth.

»Wo ist, im festlichen Gepränge?«

Denkt Manche still, »die solche Gluth

Und solches Wort jetzt hat gemeinet?«

Sie ist's, die heimlich Thränen weinet,

Die Juans heisse Liebe meynet.

War's Mitleid, ist es Lieb' gewesen,

Was diese Thränen ihr erpreßt?

Vom Gram kann Liebe nicht genesen,

Wenn Zweifelmuth sie nicht verläßt.

Er kann sich Friede nicht erjagen;

Denn nimmer darf's die Lippe wagen,

Der Liebe Schmerz ihr mehr zu klagen.

Nur einen Tag will er erblicken

Der trüb ihm nicht vorüber flieht,

Nur eine Stunde voll Entzücken

Wo süße Liebe ihm erblüht,

Nur einen Tag der Nacht erwecken,

Es mag ihn dann, mit ihren Schrecken

Auf ewig, Todesnacht bedecken.

Es liebt die Königin die Bühne,

Erschien oft selbst im bunten Spiel.

Daß er dem kleinsten Wunsche diene

Ist jetzt nur seines Lebens Ziel.

Er läßt ihr ein Theater bauen,

Dort will, die reizendste der Frauen,

Er noch in neuer Anmuth schauen.

Der Hof sich einst im Spiel vereinet,

Die Königin in Schäfertracht,

Mit holder Anmuth nun erscheinet

Den Blumenkranz in Lockennacht.

Und Juans Seele sieht verwegen,

Mit ungestümem wildem Regen,

Dem kommenden Moment entgegen.

Er winkt, und Flamm und Dampf erfüllen,

Entsetzlich jetzt das Schauspielhaus;

Der Liebe Glück will er verhüllen

In Dampf und Nacht und Schreck und Graus;

Er jauchzet, daß es ihm gelungen,

Des Schicksals Macht hat er bezwungen

Der Liebe süssen Lohn errungen.

Gekommen ist die schöne Stunde;

Er trägt sie durch des Feuers Wuth,

Raubt manchen Kuß dem schönen Munde,

Weckt ihres Busens tiefste Gluth.

Möcht sterben jetzt in ihren Armen,

Möcht alles geben! ihr, verarmen,

Zu anderm Leben nie erwarmen.

Die eilenden Minuten fliehen

Er merket die Gefahren nicht,

Und fühlt nur ihre Wange glühen;

Doch sie, sie träumet länger nicht,

Sie reißt sich von ihm los mit Beben,

Er sieht sie durch die Hallen schweben.

Verhaucht ist der Minute Leben.

Mit sehnsuchtsvollem, krankem Herzen

Eilt *Juan* durch die Hallen hin.

In Wonne Gram und süße Schmerzen

Versinket ganz sein irrer Sinn,

Er wirft sich auf sein Lager nieder,

Und holde Träume zeigen wieder

Ihm ihr geliebtes, holdes Bild.

Die Sonne steiget auf und nieder;

Doch Abend bleibt's in seiner Brust.

Es sank der Tag ihm, kehrt nicht wieder,

Und sie, nur sie ist ihm bewußt,

Und ewig, ewig ist gefangen

Sein Geist im quälenden Verlangen

Sie, wachend träumend, anzuschaun.

Und da er wacht aus seinem Schlummer

Ist's ihm, als stieg' er aus der Gruft,

So fremd und tod; und aller Kummer

Der mit ihm schlief erwacht und ruft:

O weine! sie ist dir verlohren

Die deine Liebe hat erkohren

Ein Abgrund trennet sie und dich!

Er rafft sich auf mit trüber Seele

Und eilt des Schlosses Gärten zu;

Da sieht er, bei der Mondeshelle,

Ein Mädchen auf ihn eilen zu.

Sie reicht ein Blatt ihm und verschwindet,

Eh er zu fragen Worte findet,

Er bricht die Siegel auf und liest:

»Entfliehe! wenn dies Blatt gelesen

Du hast, und rette so dich mir.

Mir ist, als sey ich einst gewesen,

Die Gegenwart erstirbt in mir,

Und lebend ist nur jene Stunde,

Sie spricht mir mit so süßem Munde,

Von dir, von dir, und stets von dir.«

Er liest das Blatt mit leisem Beben

Und liebt's, und drückt es an sein Herz.

Gewaltsam theilet sich sein Leben,

In große Wonne – tiefen Schmerz.

Solt er die Theuerste nun meiden?

Kann sie dies Trauern ihm bereiten!

Soll er sie nimmer wieder sehn?

Er geht nun, wie sie ihm geboten;

Da trifft ein Mörderdolch die Brust.

Doch steigt er freudig zu den Todten,

Denn der Erinn'rung süße Lust,

Ruft ihm herauf die schönste Stunde,

Er hänget noch an ihrem Munde;

Entschlummert sanft in ihrem Arm.

Die Manen

Ein Fragment

Schüler.

Weiser Meister! ich war gestern in den Katakomben der Könige von Schweden. Tags zuvor hatte ich die Geschichte Gustav Adolphs gelesen, und ich nahte mich seinem Sarge mit einem äusserst sonderbaren und schmerzlichen Gefühl, sein Leben und seine Thaten gingen vor meinem Geiste vorüber, ich sah zugleich sein Leben und seinen Tod, seine große Thätigkeit und seine tiefe Ruhe in der er schon dem zweiten Jahrhundert entgegen schlummert. Ich rief mir die dunkle grausenvolle Zeit zurück in welcher er gelebt hat, und mein Gemüth glich einer Gruft, aus welcher die Schatten der Vergangenheit bleich und schwankend herauf steigen. Ich weinte um seinen Tod mit heissen Thränen, als sey er heute erst gefallen. Dahin! Verlohren! Vergangen! sagte ich mir selbst, sind das alle Früchte eines großen Lebens? Diese Gedanken, diese Gefühle überwältigten mich, ich mußte die Gruft verlassen, ich suchte Zerstreuung, ich suchte andere Schmerzen, aber der unterirdische trübe Geist verfolgt mich allenthalben, ich kann diese Wehmuth nicht los werden, sie legt sich wie ein Trauerflohr über meine Gegenwart; dies Zeitalter däucht mir schaal und leer, ein sehnsuchtsvoller Schmerz zieht mich gewaltig in die Vergangenheit. Dahin! Vergangen! ruft mein Geist. O möchte ich mit vergangen seyn! und diese schlechte Zeit nicht gesehen haben, in der die Vorwelt vergeht, an der ihre Größe verlohren ist.

Lehrer.

Verlohren junger Mensch? Es ist nichts verlohren, und in keiner Rücksicht; nur unser Auge vermag die lange unendliche Kette von der Ursache zu allen Folgen nicht zu übersehen. Aber wenn du auch dieses nicht bedenken willst, so kannst du doch das nicht verlohren und dahin nennen, was dich selbst so stark bewegt, und so mächtig auf dich wirkt. Schon lange kenne ich dich, und mich däucht, dein eignes Schicksal und die Gegenwart haben dich kaum so heftig bewegt, als das Andenken dieses großen Königs. Lebt er nicht jetzt noch in dir! oder nennst du nur Leben, was im Fleisch und in dem Sichtbaren fortlebt? und ist dir das dahin und verlohren, was noch in Gedanken wirkt, und da ist?

Schüler.

Wenn dies ein Leben ist, so ist es doch nicht mehr, als ein bleiches Schattenleben; dann ist die Erinnerung des Gewesenen, Wirklichen, mehr, als ihre bleiche Schatten dieser Wirklichkeit!

Lehrer.

Die positive Gegenwart ist der kleinste und flüchtigste Punkt; indem du die Gegenwart gewahr wirst, ist sie schon vorüber, das Bewußtseyn des Genusses liegt immer in der Erinnerung. Das Vergangene kann in diesem Sinn nur betrachtet werden, ob es nun längst oder so eben vergangen, gleichviel.

Schüler.

Es ist wahr. So lebt und wirkt aber ein großer Mensch nicht nach seiner Weise in mir fort, sondern nach meiner, nach der Art wie ich ihn aufnehme, wie ich mich und ob ich mich seiner erinnern will.

Lehrer.

Freilich lebt er nur fort in dir, in sofern du Sinn für ihn hast, in sofern deine Anlage dich fähig macht ihn zu empfangen in deinem Innern, in sofern du etwas mit ihm Homogenes hast, das Fremdartige in dir tritt mit ihm in keine Verbindung, und er kann nicht auf es wirken; und nur mit dieser Einschränkung wirken alle Dinge. Das, wofür du keinen Sinn hast, geht für dich verlohren, wie die Farbenwelt dem Blinden.

Schüler.

Hieraus folgt, daß nichts ganz verlohren geht, daß die Ursachen in ihren Folgen fortwirken, (oder wie du dich ausdrückst, *fortleben*), daß sie aber nur auf dasjenige wirken können, das Empfänglichkeit, oder Sinn für sie hat.

Meister.

Ganz recht.

Schüler.

Gut! die Welt und die Vernunft möge genug haben an diesem *nicht verlohren seyn*, an dieser Art fort zu leben, aber mir ist es nicht genug; eine tiefe Sehnsucht führt mich zurück in den Schoos der Vergangenheit, ich mögte in einer unmittelbaren Verbindung mit den Manen der großen Vorzeit stehn.

Lehrer.

Hälst du es denn für möglich?

Schüler.

Ich hielt es für unmöglich, als noch kein Wunsch mich dahin zog, ja, ich hätte noch vor Kurzem jede Frage der Art für thöricht gehalten, heute wünsche ich schon, eine Verbindung mit der Geisterwelt möchte möglich seyn, ja mir dünkt, ich sey geneigt sie glaublich zu finden.

Lehrer.

Mir däucht die Manen Gustav Adolphs haben deinem innern Auge zu einer glücklichen Geburt verholfen, und du scheinst mir reif, meine Meynung über diese Gegenstände zu vernehmen. So gewiß alle harmonische Dinge in einer gewissen Verbindung stehen, sie mag nun sichtbar oder unsichtbar seyn, so gewiß stehen auch wir in einer Verbindung mit *dem Theil* der Geisterwelt der mit uns harmoniert; ein ähnlicher oder gleicher Gedanke in verschiedenen Köpfen, auch wenn sie nie von einander wußten, ist im geistigen Sinne schon eine Verbindung. Der Tod eines Menschen der in einer solchen Verbindung mit mir stehet, hebt diese Verbindung nicht auf. Der Tod ist ein chemischer Prozeß, eine Scheidung der Kräfte, aber kein Vernichter, er zerreißt das Band zwischen mir und ähnlichen Seelen nicht, das Fortschreiten des Einen und das Zurückbleiben des Andern aber kann wohl diese Gemeinschaft aufheben, wie ein Mensch, der in allem Vortrefflichen fortgeschritten ist, mit seinem unwissenden und roh gebliebenen Jugendfreund nicht mehr harmonieren wird. Du wirst das Gesagte leicht ganz allgemein, und ganz aufs Besondere anwenden können?

Schüler.

Vollkommen! du sagst Harmonie der Kräfte ist Verbindung, der Tod hebt diese Verbindung nicht auf, indem er nur scheidet nicht vernichtet.

Lehrer.

Ich fügte noch hinzu: das Aufheben dessen, was eigentlich diese Harmonie ausmachte (z.B. Veränderung der Ansichten und Meynungen, wenn die Harmonie gerade darin bestand) müßte auch nothwendig diese Verbindung aufheben.

Schüler.

Ich hab' es nicht aus der Acht gelassen.

Lehrer.

Gut. Eine Verbindung mit Verstorbenen kann also statt haben, in so fern sie nicht aufgehört haben, mit uns zu harmonieren?

Schüler.

Zugegeben.

Lehrer.

Es kommt nur darauf an, diese Verbindung gewahr zu werden. Blos geistige Kräfte können unsern äussern Sinnen nicht offenbar werden; sie wirken nicht durch unsere Augen und Ohren auf uns, sondern durch das Organ, durch das allein eine Verbindung mit ihnen möglich ist, durch den innern Sinn, auf ihn wirken sie unmittelbar. Dieser innere Sinn, das tiefste und feinste Seelenorgan, ist bei fast allen Menschen gänzlich unentwickelt und nur dem Keim nach da; das Geräusch der Welt, das Getreibe der Geschäfte, die Gewohnheit nur *auf* der Oberfläche, und nur *die* Oberfläche zu betrachten, lassen es zu keiner Ausbildung, zu keinem deutlichen Bewußtseyn kommen, und so wird es nicht allgemein anerkannt, und was sich hier und da zu allen Zeiten in ihm offenbahret hat, hat immer so viele Zweifler und Schmäher gefunden; und bis jetzt ist sein Empfangen und Wirken in äußerst seltnen Menschen die seltenste Individualität. — Ich bin weit davon entfernt, so manchen lächerlichen Geistererscheinungen und Gesichten das Wort zu reden; aber ich kann es mir deutlich denken, daß der innere Sinn zu einem Grade afficirt werden kann, nach welchem die Erscheinung des Innern vor das körperliche Auge treten kann, wie gewöhnlich umgekehrt, die äussere Erscheinung vor das Auge des Geistes tritt. So brauche ich nicht alles Wunderbare, durch Betrug oder Täuschung der Sinnen zu erklären. Doch ich erinnere mich, man nennt in der Sprache der Welt diese Entwicklung des innern Sinns, überspannte Einbildung.

Wem also der innere Sinn, das Auge des Geistes, aufgegangen ist, der sieht dem Andern unsichtbare mit ihm verbundene Dinge. Aus diesem innern Sinn sind die Religionen hervorgegangen, und so manche Apokalipsen der alten und neuen Zeit. Aus dieser Fähigkeit des innern Sinnes, Verbindungen, die andern Menschen (deren Geistesauge verschlossen ist) unsichtbar sind, wahrzunehmen, entsteht die Prophezeihung, denn sie ist nichts anders als die Gabe, die Verbindung der Gegenwart und Vergangenheit mit der Zukunft, den nothwendigen Zusammenhang der Ursachen und Wirkungen zu sehen. Prophezeihung ist Sinn für die Zukunft. Man kann die Wahrsagerkunst nicht erlernen, der Sinn für sie ist Geheimnißvoll, er entwickelt sich auf eine geheimnißvolle Art; er offenbahrt sich oft nur wie ein schneller Blitz der dann von dunkler Nacht wieder begraben wird. Man kann Geister nicht durch Beschwörungen rufen, aber sie können sich dem Geiste offenbahren, das Empfängliche kann sie empfangen, dem innern Sinn können sie erscheinen.

Der Lehrer schwieg, und sein Zuhörer verließ ihn. Mancherlei Gedanken bewegten sein Inneres, und seine ganze Seele strebte sich das Gehörte zum Eigenthum zu machen.

Wandel und Treue

Violetta.

Ja, du bist treulos! laß mich von dir eilen;
Gleich Fäden kannst du die Empfindung theilen.
Wen liebst du denn? und wem gehörst du an?

Narziss.

Es hat Natur mich also lieben lehren:
Dem Schönen werd' ich immer angehören
Und nimmer weich ich von der Schönheit Bahn.

Violetta.

So ist dein Lieben, wie dein Leben, wandern!
Von einem Schönen eilest du zum Andern,
Berauschest dich in seinem Taumelkelch,
Bis Neues schöner dir entgegen winket –

Narziss.

In höh'rem Reiz Betrachtung dann versinket

Wie Bienenlippen in der Blume Kelch.

Violetta.

Und traurig wird die Blume dann vergehen

Muß sie sich so von dir verlassen sehen!

Narziss.

O Nein! es hat die Sonne sie geküßt.

Die Sonne sank, und Abendnebel thauen.

Kann sie die Strahlende nicht mehr erschauen,

Wird ihre Nacht durch Sternenschein versüßt.

Sah sie den Tag nicht oft im Ost verglühen?

Sah sie die Nacht nicht thränend still entfliehen?

Und Tag und Nacht sind schöner doch als ich.

Doch flieht ein Tag, ein Andrer kehret wieder;

Stirbt eine Nacht, sinkt eine Neue nieder,

Denn Tröstung gab Natur in jedem Schönen sich

Violetta.

Was ist denn Liebe, hat sie kein Bestehen?

Narziss.

Die Liebe will nur wandlen, nicht vergehen;
Betrachten will sie alles Trefliche.
Hat sie dies Licht in einem Bild erkennet,
Eilt sie zu Andern, wo es schöner brennet,
Erjagen will sie das Vortrefliche.

Violetta.

So will ich deine Lieb' als Gast empfangen;
Da sie entfliehet wie ein satt Verlangen,
Vergönnt mein Herz Ihr keine Heimath mehr.

Narziss.

O sieh den Frühling! gleicht er nicht der Liebe?
Er lächelt wonnig, freundlich, und das trübe
Gewölk des Winters, niemand schaut es mehr!

Er ist nicht Gast, er herrscht in allen Dingen,

Er küßt sie Alle, und ein neues Ringen

Und Regen wird in allen Wesen wach.

Und dennoch reißt er sich aus Tellus Armen

Auch andre Zonen soll sein Hauch erwarmen

Auch Andern bringt er neuen, schönen Tag.

Violetta.

Hast du die heil'ge Treue nie gekennet?

Narziss.

Mir ist nicht Treue was ihr also nennet,

Mir ist nicht treulos was euch treulos ist! —

Wer den Moment des höchsten Lebens theilet;

Vergessend nicht, in Liebe selig weilet;

Beurtheilt noch, und noch berechnet, mißt;

Den nenn' ich treulos, ihm ist nicht zu trauen

Sein kalt Bewußtseyn wird dich klar durchschauen

Und deines Selbstvergessens Richter seyn.

Doch ich bin treu! Erfüllt vom Gegenstande

Dem ich mich gebe in der Liebe Bande

Wird Alles, wird mein ganzes Wesen seyn.

37/99

Violetta.

Giebt's keine Liebe denn die dich bezwinge?

Narziss.

Ich liebe Menschen nicht, und nicht die Dinge,

Ihr Schönes nur, und bin mir so getreu,

Ja Untreu' an mir selbst wär andre Treue,

Bereitete mir Unmuth, Zwist und Reue,

Mir bleibt nur so die Neigung immer frei.

Die Harmonie der inneren Gestalten

Zerstören nie die ordnenden Gewalten

Die für Verderbniß nur die Noth erfand. –

Drum laß mich, wie mich der Moment gebohren.

In ew'gen Kreisen drehen sich die Horen;

Die Sterne wandeln ohne festen Stand,

Der Bach enteilt der Quelle, kehrt nicht wieder

Der Strom des Lebens woget auf und nieder

Und reisset mich in seinen Wirbeln fort.

Sieh alles Leben! es ist kein Bestehen,

Es ist ein ew'ges Wandern, Kommen, Gehen,

Lebend'ger Wandel! buntes, reges Streben!

O Strom! in dich ergießt sich all mein Leben!

Dir stürz ich zu! vergesse Land und Port!

Wunsch

Ja Quitos Hand, hat meine Hand berühret

Und freundlich zu den Lippen sie geführet,

An meinem Busen hat sein Haupt geruht.

Da fühlt ich tief ein liebend fromm Ergeben.

Mußt ich dich überleben, schönes Leben?

Noch Zukunft haben, da du keine hast?

Im Zeitenstrome wirst du mir erbleichen,

Stürb ich mit dir, wie bei der Sonne Neigen

Die Farben all' in dunkler Nacht vergehn.

Immortalita

Ein Dramolet

Personen

Immortalita, eine Göttin

Erodion

Charon

Hekate

Erste Scene

Eine offene schwarze Höhle am Eingang der Unterwelt, im Hintergrunde der Höhle sieht man den Stix und Charons Nachen der hin und her fährt, im Vordergrund der Höhle ein schwarzer Altar worauf ein Feuer brennt. Die Bäume und Pflanzen am Eingang der Höhle sind alle Feuerfarb und schwarz, so wie die ganze Dekoration, Hecate und Charon sind schwarz und Feuerfarb, die Schatten hellgrau, Immortalita weiß, Erodion wie ein römischer Jüngling gekleidet. Eine große feurige Schlange die sich in den Schwanz beißt, bildet einen großen Kreis, dessen Raum Immortalita nie überschreitet.

Immortalita (wie aus einer Betäubung erwachend.)

Charon! Charon.

Charon (seinen Kahn inne haltend.)

Was rufst du mich?

Immortalita.

Wann kommt die Zeit?

Charon.

Sieh die Schlange zu deinen Füßen an, noch ist sie fest geschlossen, der Zauber dauert so lange dieser Kreis dich umschließt, du weißt es, warum fragst du mich?

Immortalita.

Ungütiger Greis, wenn es mich nun tröstete, die Verheißung einer bessern Zukunft noch einmal zu vernehmen, warum versagst du mir ein freundliches Wort?

Charon.

Wir sind im Lande des Schweigens.

Immortalita.

Wahrsage mir noch einmal.

Charon.

Deute meine Geberden, ich hasse die Rede.

Immortalita.

Rede! Rede!

Charon.

Frage Hekaten

(er fährt hinweg.)

Immortalita (streut Weihrauch auf den Altar.)

Hekate! Göttin der Mitternacht! Enthüllerin der Zukunft die im dunklen Schoße des Nichtseyns schläft! Geheimnißvolle Hekate! Hekate! erscheine.

Hekate.

Mächtige Beschwörerin!

(sie kömmt hinter dem Altar halb hervor.)

Was rufst du mich aus den Höhlen ewiger Mitternacht; dies Ufer ist mir verhaßt, sein Dunkel zu helle, ja mir däucht ein niedriger Schein aus dem Lande des Lebens habe sich hierher verirrt.

Immortalita.

O vergieb Hekate! und erhöre meine Bitte.

Hekate.

Bitte nicht, du bist hier Königinn, du herrschest hier und weist es nicht.

Immortalita.

Ich weiß es nicht! warum kenne ich mich nicht?

Hekate.

Weil du dich nicht sehen kannst.

Immortalita.

Wer wird mir einen Spiegel zeigen, daß ich mich darin anschaue?

Hekate.

Die Liebe.

Immortalita.

Warum die Liebe?

Hekate.

Weil nur ihre Unendlichkeit ein Maas für die deine ist.

Immortalita.

Wie weit erstreckt sich mein Reich?

Hekate.

Ueber jenseits, einst über Alles.

Immortalita.

Wie? wird einst diese undurchdringliche Scheidewand zerfallen, die
mein Reich von der Oberwelt scheidet.

Hekate.

Sie wird zerfallen, du wirst wohnen im Licht, und alle werden dich
finden.

Immortalita.

O wann wird dies geschehen?

Hekate.

Wenn glaubige Liebe dich der Nacht entführt.

Immortalita.

Wann? in Stunden, Jahren?

Hekate.

Zähle die Stunden nicht, bei dir ist keine Zeit. Siehe zur Erde! die Schlange windet sich ängstlich, fester beißt sie sich ein, vergeblich will sie dich gefangen halten in ihrem engen Kreis, dein Reich erweitert sich, vergeblich ist ihr Widerstand, die Herrschaft des Unglaubens, der Barbarei und der Nacht sinkt dahin.

Sie verschwindet.

Immortalita.

O Zukunft wirst du der Vergangenheit gleichen! jener seligen fernen Vergangenheit, wo ich mit Göttern in ewiger Klarheit wohnte. Ich lächelte sie Alle an, und mein Lächeln verklärte sich auf ihrer Stirne in einem Glanz den ihnen kein Nektar geben konnte. Hebe dankte mir ihre Jugend, Aphrodite ihre immer blühende Reize, aber ein finsteres Zeitalter kam, von ihren Thronen wurden die seligen Götter gestoßen, ich wurde von ihnen getrennt, ihr Leben war dahin, sie giengen zurück in die Lebenselemente aus denen sie entsprungen waren, ehe mein

Hauch ihnen Dauer verliehen hatte; Jupiter gieng zurück in die Kräfte des Himmels, Eros in die Herzen der Menschen, Minerva in die Gedanken der Weisen, die Musen in die Gesänge der Dichter. Und ich Unglücklichste von allen! ich wand den Helden und Dichtern keine unverwelklichen Lorbeern mehr, verbannt in dies Reich der Nacht! dies Land der Schatten! dies düstere Jenseits! muß ich nur der Zukunft entgegen leben.

Charon (fährt mit Schatten vorüber.)

Neigt euch Schatten, dies ist die Königin des Erebos, daß ihr noch lebt nach eurem Leben, ist ihr Werk.

(Chor der Schatten.)

Stille führet uns der Nachen

Nach dem unbekannten Land,

Wo die Sonne nicht wird tagen

An dem ewig finstern Strand. –

Zagend sehen wir ihn eilen,

Denn der Blick möcht noch verweilen

An des Lebens buntem Rand.

Sie fahren weg.

Die vorige Scene.

*Charons Nachen im Begriff zu landen. Erodion springt aus dem
Nachen. Immortalita im Hintergrund.*

Erodion.

Zurück Charon von diesem Ufer, das kein Schatten betreten darf!
Was siehst du mich an? Ich bin kein Schatten wie ihr; eine frohe
Hoffnung, ein träumerischer Glaube haben meines Lebens Funken zur
Flamme angeblasen.

Charon (für sich.)

Gewiß ist dies der junge Mann, der die goldne Zukunft in sich trägt.

(er fährt ab mit seinem Kahn.)

Immortalita (tritt hervor.)

Ja du bist der Jüngling, von dem Hekate mir weissagte. Bei deinem
Anblick ist mir, als ob ein Strahl des Tages durch diese alte Hallen,
durch diese erebische Nacht hereinbräche.

Erodion.

Wenn ich der Mann deiner Weissagungen bin, Mädchen oder Göttin! *wie* ich dich nennen soll, so glaube mir, du bist die innerste Ahndung meines Herzens.

Immortalita.

Sage mir wer du bist, wie du heissest, und wo du den Weg fandest, in dieses pfadlose Gestade? wo weder Schatten noch Menschen wandlen dürfen, sondern nur die unterirdischen Götter.

Erodion.

Ungern mögt' ich dir von etwas anderm reden, als von meiner Liebe, aber so ich dir mein Leben erzähle, rede ich von meiner Liebe. Höre mich denn: ich bin Eros Sohn und seiner Mutter Aphrodite, diese doppelte Vereinigung, der Liebe und Schönheit, hatte schon in mein Daseyn die Idee eines Genusses gelegt, den ich nirgends finden konnte, und den ich doch überall ahndete und suchte. Lange war ich ein Fremdling auf Erden, und ich mochte von ihren Schattengütern nichts genießen, bis mir durch einen Traum oder Eingebung eine dunkle Vorstellung von dir in die Seele kam. Ueberall geleitete mich diese Idee, dieser Abglanz von dir, und überall verfolgte ich diese geliebte Erscheinung, auch wenn sie mir untertauchte in das Land der Träume folgte ich ihr nach, und erschien so vor den äussersten Thoren der Unterwelt. Aber nie konnte ich zu dir durchdringen; ein unseliges Geschick rief mich immer wieder an die Oberwelt.

Immortalita.

Wie Jüngling, so hast du mich geliebt, daß du lieber Hälios und das Morgenroth nicht mehr sehen wolltest, als mich nicht finden?

Erodion.

So hab ich dich geliebt, und ohne dich konnte mich die Erde nicht mehr ergötzen, nicht mehr der blumige Frühling, der sonnigte Tag nicht, Schönheiten die zu besitzen Pluto sein finsteres Zepter gerne vertauscht hätte. Aber wie eine größere Liebe sich vereint hatte, in den Umarmungen meiner Eltern, als alle andre Liebe, denn sie waren die Liebe selbst; so war auch die Sehnsucht die mich zu dir trieb die mächtigste, und siegreich über alle Hindernisse war mein Glaube dich zu finden; denn meine Eltern, die wohl wußten, daß der, aus Lieb' und Schönheit entsprungen, nichts höheres auf Erden finden würde, als sich selbst, hatten mir diesen Glauben gegeben, damit meine Kraft nicht ermüden möge, nach Höherem zu streben ausser mir.

Immortalita.

Aber wie kamst du endlich zu mir? unwillig nimmt Charon Lebende in das morsche Fahrzeug, nur für Schatten erbaut.

Erodion.

Einst war meine Sehnsucht dich zu schauen so groß, daß alles was die Menschen erdacht haben, dich ungewiß zu machen, mir klein und nichtig erschien, ein begeisterter Muth erfüllte mein ganzes Wesen: ich will nichts, nichts als sie besitzen, so dacht ich, und kühn warf ich alle

Güter dieser Erde hinweg von mir, und führte mein Fahrzeug an den gefährlichen Felsen, wo alles Irdische scheitern sollte. Noch einmal dacht ich: wenn du alles verlöhrst um nichts zu finden? aber hohe Zuversicht verdrängte den Zweifel, fröhlig sagt' ich der Oberwelt das letzte Lebewohl; die Nacht verschlang mich – eine gräßliche Pause! und ich fand mich bei dir. – Die Fackel meines Lebens brennt noch jenseits der stygischen Wasser.

Immortalita.

Die Heroen der Vorwelt haben diesen Pfad schon betreten, der Muth hat Streifereien in dies Gebiet gewagt, aber nur der Liebe war es vorbehalten, ein dauernd Reich hier zu gründen. Die Bewohner des Orkus sagen, mein Daseyn hauche ihnen unsterbliches Leben ein, so sey denn auch du unsterblich; denn du hast etwas Unnennbares in mir bewirkt, ich lebte ein Mumienleben, aber du hast mir eine Seele eingehaucht. Ja, theurer Jüngling! in deiner Liebe erblicke ich mich selbst verklährt; ich weiß nun wer ich bin, weiß, daß ein sonniger Tag diese alten Hallen beglänzen wird.

Hekate tritt hinter dem Altar hervor.

Hekate.

Erodion! trete in den Kreis der Schlange.

(Er thut es: die Schlange verschwindet.)

Zu lange, Immortalita, warst du, durch die Macht des Unglaubens und der Barbarei, von Wenigen gekannt, von Vielen bezweifelt, in diesen engen Kreis gebannt. Ein Orakel, so alt als die Welt, hat gesagt, der glaubigen Liebe würde es gelingen, dich selbst in dem erebischen Dunkel zu finden, dich hervorzuziehen und deinen Thron in ewiger Klarheit, zugänglich für Alle, zu gründen. Diese Zeit ist nun gekommen, dir, Erodion, bleibt nur noch etwas zu thun übrig.

Der Schauplatz verwandelt sich in einen Theil der Elisäischen Gärten, die Scene ist matt erleuchtet, man sieht Schatten hin und wieder irren. Zur Seite ein Fels, im Hintergrund der Styx und Charons Nachen.

Die Vorigen.

Hekate.

Sieh Erodion, diesen Einsturz drohenden Felsen, er ist die unübersteigliche Scheidewand, der das Reich des sterblichen Lebens von dem deiner Gebieterin scheidet, er verwehrt dem Sonnenlicht seine Strahlen hierher zu senden, und getrennten Lieben sich wieder zu begegnen. Erodion! versuche es, diesen Felsen einzustürzen, daß deine Geliebte auf seinen Trümmern aus der engen Unterwelt steigen möge; daß ferner nichts Unübersteigliches das Land der Todten von dem Lebenden trenne.

Erodion schlägt an den Felsen, er stürzt ein, es wird plötzlich helle.

Immortalita.

Triumph! der Fels ist gesunken, von nun an sey es den Gedanken der Liebe, den Träumen der Sehnsucht, der Begeisterung der Dichter vergönnt, aus dem Lebenslande in das Schattenreich herabzusteigen und wieder zurück zu gehen.

Hekate.

Heil! dreifaches, unsterbliches Leben, wird dies blasse Schattenreich beseelen, nun dein Reich gegründet ist.

Immortalita.

Komm Erodion, steige mit mir auf, in ewige Klarheit; und alle Liebe, und jegliche Treflichkeit sollen meines Reiches theilhaftig werden. Und du Charon, entfalte deine Stirne, sey ein freundlicher Geleiter derer die mein Reich betreten wollen.

Erodion.

Wohl mir, daß ich die heilige Ahndung meines Herzens, wie der Vesta Feuer, treu bewahrte; wohl mir, daß ich den Muth hatte, der Sterblichkeit zu sterben, und der Unsterblichkeit zu leben, das Sichtbare dem Unsichtbaren zu opfern.

Der Adept

Ein Weiser, der schon viel erforschet,

Doch nie des Forschens müde war,

Gelangte einst zum Indier Lande,

Nach manchem langen Wandrungsjahr.

Die Priester dieses Landes rühmen

Sich viel geheimer Wissenschaft,

Sie wissen Seyn und Schein zu trennen,

Und kennen aller Dinge Kraft.

Zum Schüler läßt sich Valus weihen,

Verbindet sich durch einen Eid,

Geheimnißvoll, zu diesem Orden,

Wie es der Priester ihm gebeut.

Wie eitel all sein vorig Wissen;

Das siehet bald schon Valus ein,

Kannt' er doch nie der Dinge Seele

Begnügt' an Namen sich und Schein.

Eins sieht er nun in jeder Summe,

Sieht den Naturgeist immer neu

Und immer alt in ew'gem Wandel

Wie er in allen Formen sey.

Jetzt kann er die Natur belauschen,

Er kann ihr tiefstes Wirken schaun,

Weiß, wie die Stoffe sich vermählen

Und wie die Erden sich erbaun.

Jetzt giebt man ihm die dritte Weihe,

Ein Vorzug wen'ger Weisen nur;

Denn sie, die alles sonst durchschauten

Beherrschen jetzo die Natur.

Nachdem er dreimal so geweihet,

Hat er den großen Schritt gethan,

Der seines Lebens lange Reise

Geschieden von der Menschheit Bahn.

Viel Zeiten gehn an ihm vorüber,

Er siehet die Geschlechter fliehn,

Und bleibt allein in allem Wandel,
Indes die Dinge kommen, ziehn.

Nachdem er oft den Kreis gesehen
Den immer die Natur gemacht,
Ergreiffen Schauder seine Seele,
Denn Alles kehrt wie Tag und Nacht.

Der Neuheit Reiz ist ihm verlohren,
Er kennet was die Erde trägt,
Er findet sich allein auf Erden,
Die Menschen sind nicht sein Geschlecht.

Geleert hat er des Lebens Becher
Und lebet immer, immer fort.
Er kann dem Meere nicht entsteigen
Und hat gelandet doch im Port.

Weh' dem! ruft er: der auf dem Gipfel
Des Daseyns also stille steht.
Nicht Ew'ges kann der Mensch ertragen,
Und wohl ihm, wenn er auch vergeht.

Ein apokaliptisches Fragment

1. Ich stand auf einem hohen Fels im Mittelmeer, und vor mir war der Ost, und hinter mir der West, und der Wind ruhte auf der See.

2. Da sank die Sonne, und kaum war sie verhüllt im Niedergang, so stieg im Aufgang das Morgenroth wieder empor, und Morgen, Mittag, Abend und Nacht, jagten sich, in schwindelnder Eile, um den Bogen des Himmels.

3. Erstaunt sah ich sie sich drehen in wilden Kreisen; mein Puls floh nicht schneller, meine Gedanken bewegten sich nicht rascher, und die Zeit in mir gieng den gewohnten Gang, indes sie ausser mir, sich nach neuem Gesetz bewegte.

4. Ich wollte mich hinstürzen in das Morgenroth, oder mich tauchen in die Schatten der Nacht, um mit in ihre Eile gezogen zu werden, und nicht so langsam zu leben; da ich sie aber immer betrachtete, ward ich sehr müde und entschlief.

5. Da sah ich ein weites Meer vor mir, das von keinem Ufer umgeben war, weder im Ost noch Süd noch West, noch Nord: kein Windstoß bewegte die Wellen, aber die unermeßliche See bewegte sich doch in ihren Tiefen, wie von innern Gährungen bewegt.

6. Und mancherlei Gestalten stiegen herauf, aus dem Schoos des tiefen Meeres, und Nebel stiegen empor und wurden Wolken, und die Wolken senkten sich, und berührten in zuckenden Blitzen die gebährenden Wogen.

7. Und immer mannichfaltigere Gestalten entstiegen der Tiefe, aber mich ergriffen Schwindel und eine sonderbare Bangigkeit, meine Gedanken wurden hie hin und dort hin getrieben, wie eine Fackel vom Sturmwind, bis meine Erinnerung erlosch.

8. Da ich aber wieder erwachte, und von mir zu wissen anfieng, wußte ich nicht, wie lange ich geschlafen hatte, ob es Jahrhunderte oder Minuten waren; denn ob ich gleich dumpfe und verworrene Träume gehabt hatte, so war mir doch nichts begegnet, was mich an die Zeit erinnert hätte.

9. Aber es war ein dunkles Gefühl in mir, als habe ich geruht im Schoose dieses Meeres und sey ihm entstiegen, wie die andern Gestalten. Und ich schien mir ein Tropfen Thau, und bewegte mich lustig hin und wieder in der Luft, und freute mich, daß die Sonne sich in mir spiegle, und die Sterne mich beschauten.

10. Ich ließ mich von den Lüften in raschen Zügen dahin tragen, ich gesellte mich zum Abendroth, und zu des Regenbogens siebenfarbigen Tropfen, ich reihte mich mit meinen Gespielen um den Mond wenn er sich bergen wollte, und begleitete seine Bahn.

11. Die Vergangenheit war mir dahin! ich gehörte nur der Gegenwart. Aber eine Sehnsucht war in mir, die ihren Gegenstand nicht kannte, ich suchte immer, aber jedes Gefundene war nicht das Gesuchte, und sehnend trieb ich mich umher im Unendlichen.

12. Einst ward ich gewahr, daß alle die Wesen, die aus dem Meere gestiegen waren, wieder zu ihm zurückkehrten, und sich in wechselnden Formen wieder erzeugten. Mich befremdete diese Erscheinung; denn ich hatte von keinem Ende gewußt. Da dachte ich, meine Sehnsucht sey auch, zurück zu kehren, zu der Quelle des Lebens.

13. Und da ich dies dachte, und fast lebendiger fühlte, als all mein Bewußtseyn, ward plötzlich mein Gemüth wie mit betäubenden Nebeln umgeben. Aber sie schwanden bald, ich schien mir nicht mehr ich, und doch mehr als sonst ich, meine Gränzen konnte ich nicht mehr finden, mein Bewußtseyn hatte sie überschritten, es war größer, anders, und doch fühlte ich mich in ihm.

14. Erlöset war ich von den engen Schranken meines Wesens, und kein einzler Tropfen mehr, ich war allem wiedergegeben, und alles gehörte mir an, ich dachte, ich fühlte, wogte im Meer, glänzte in der Sonne, kreiste mit den Sternen; ich fühlte mich in allem, und genos alles in mir.

15. Drum, wer Ohren hat zu hören, der höre! Es ist nicht zwei, nicht drei, nicht tausende, es ist Eins und alles; es ist nicht Körper und Geist geschieden, daß das eine der Zeit, das andere der Ewigkeit angehöre, es ist Eins, gehört sich selbst, und ist Zeit und Ewigkeit zugleich, und sichtbar, und unsichtbar, bleibend im Wandel, ein unendliches Leben.

Mora

Frothal, König von Scandinavien.

Mora, seine Geliebte.

Karmor, ein Krieger.

Thormod,

Carul, Barden.

Carul.

Wehet ihr Lüfte des Frühlings, spielt mit den Locken der Mädchen, flüstert im hohen Gras der Wiese, und rauscht in den Wipfeln des Hains; aber haltet eure Fittiche, daß sie nicht aufrauschen im Sturm, und meine Stimme ungehört entführen, wenn ich den Frühling singe. Schön bist du o Frühling! lieblich deine Tritte über die Fluren! Blumen entkeimen; Quellen entsprudeln dir! Dir jauchzen die Vögel entgegen, diese melodischen Barden der Natur, und sie verstummen, wenn du enteilest, du lieblicher, säuselnder Sohn des Himmels!

Thormod.

Sahst du den Abend herabsteigen auf die Hügel von Scandinavien? du lieblicher Sänger des Frühlings! langsam sind seine Schritte, dunkel sein Gewand von Wolken. Er steigt herauf über die Wälder und Berge, wie die Geister der Verstorb'nen aus ihren Gräbern. Da verstummen die Vögel, kühle Schauer durchzucken alles Leben, feuchte Nebeldünste versammeln sich. Nur der Wiederhall seufzt durch die Nacht, nur die Unke des Sumpfs, und die krächzende Eule unterreden sich mit ihm.

Carul.

Aber die Sterne kommen und lächeln freundlich, und die glänzenden Locken des Mondes, seine grünlichen Strahlen erleuchten die Erde. Nicht alles Leben verstummt in der Nacht, die Lüfte des Abends säuseln, der Wasserfall murmelt melodisch; und das Land der Träume öffnet seine Thore, und die lieblichen Kinder der Gedanken flattern herauf, und küssen die Stirnen der Schlummernden.

Thormod.

Horch! was braust durch den Wald? was hebt so die wogende See? die Winde haben ihre Fesseln gelöst. Reichlicher Regen stürzt herab, Wolken thürmen sich! Blitze zerspalten die Nacht! der Stern des Abends weint in seinen Wolken, die Orkane haben sich ausgerast, zerwühlen den Busen des schäumenden Meers, und zerreissen die Segel kämpfender Schiffe. Der Donner rollt! und der Sohn der Felsen ruft ihm mit hundert Stimmen nach.

Carul.

Frothal, der König der Spere wandelt allein und verirret im Wald, dunkel ist die Nacht, und sein Fuß betritt nicht den Weg der Heimath.

Thormod.

Gräßlich rollt der Donner, die Erde zittert, aber Frothal zittert nicht.

Carul.

Sieh! durch die Nacht sendet ein freundliches Licht den bleichen Schimmer, es ist das Licht von Mora, der schönen Tochter von Torlat. Ihre gastliche Hütte empfängt den irrenden Wand'rer, und ihre Schönheit umfängt das Herz des Königs. Da war Frothal nicht verirrt, als er irrte zu dem lieblichen Mädchen.

Frothal.

Angenehm ist meinem Ohre euer Gesang, ihr Barden des Liedes.

Mora.

Thormod! dein Gesang ist wie der Flug des Adlers. Carul! lieblich ist dein Lied wie die Stimme der Liebe.

Frothal.

Meine Seele ist erregt, mein Arm zuckt nach dem Speer. Komm mit mir zur Jagd der waldigen Insel, Tochter von Torlat.

Mora.

Gehe nicht zur Jagd der wald'gen Insel, meine Seele bangt, denn mich warnte ein Traum; ich sah dich erlegt vom Jagdspies, darum meide die Jagd, o König!

Frothal.

Soll ich die Jagd vermeiden! nimmer Mädchen, nimmer meid ich Gefahr, denn mir ward Liebe und Ruhm, so ist mein Sterben kein Tod, was fürcht' ich noch, Tochter von Torlat?

Mora.

Stirbst du mit Ruhm und Liebe, so starbst du doch Frothal für mich.

Frothal.

Komm zur muntern Jagd, nimm die Waffen der Könige Scandinaviens daß du glänzest im Stahle der Helden, und folge mir Mädchen.

Mora allein nachher Karmor.

Mora.

Die Nacht ist verbraust auf den waldigen Höhen, und Frothal schlummert so süß in der Höhle des Felsen. Ach! mir gab die Jagd nicht Freude, die Ermüdung nicht Schlummer. Meine Seele ist traurig, mein Herz klopft ängstlicher und Frothal schlummert so süß.

Karmor.

Ja er muß hier seyn, hier in der Höhle. Frothal! komm!

Mora.

Was willst du von Frothal? Warum verscheucht deine Stimme den Schlummer?

Karmor.

Ich rufe den König zum Zweikampf.

Mora.

Warum rufst du ihn!

Karmor.

Er hat mir die Seele meines Busens geraubt, ich liebte die Tochter von Torlat, und sie wählt ihn.

Mora.

Sie wählt ihn, und nicht dich. Was nutzt dir der Kampf? was hilft dir der Sieg?

Karmor.

Du bist Frothal, dies ist sein Schwerd, dies der Schild der Könige, komm zum Kampfe um Torlats langlockigte Tochter. Oder fürchtest du das Schwert von Karmor, wie's dein Zögern verräth, kämpfst du nicht für das Mädchen deiner Liebe!

Mora.

Komm, mich dürstet nach Kampf, mein Muth jauchzt der Gefahr entgegen, komm!

Frothal.

Welches Getöse erweckte mich! mir war als vernähm ich fernes Waffengeklirr! aber jetzt ists so stille, nur der Morgenhauch schlüpft durch die Blätter. – Horch! was rauscht im Wald? es ist der leise Fußtritt von Mora. Mora! komm, komm meine Geliebte!

Carul.

Mora kommt nicht zu dir, o König der Speere!

Thormod.

Mora begegnet dir nicht mehr, nicht mehr in der Halle der Muscheln, noch auf grünenden Triften. Sie wandelt in Walhallas traumreichen Hainen, durchbohrt ist ihr Busen so weiß, die dunkeln Locken schwimmen in Blut.

Frothal.

Trauer umnachtet meine Seele, ihr Söhne des Gesangs! ewige Trauer umarmt mich.

Carul.

Karmor, der düstere Krieger, liebte das Mädchen, und fodern wollt' er dich zum Kampfe, aber Moras Schild glänzte wie der der Könige, ihr Schwert war das der Herrscher. Frothal! sie fiel für dich.

Frothal.

Singet ihr Barden, das Lob der schönen Tochter von Torlat! singet den Ruhm des Mädchens, daß unsterblich blühe die leicht verwelkliche Schönheit. Und ruft mir zum Kampfe den finstern Karmor, fallen soll er, und wäre sein Arm mächtig wie der Arm von Thor, sein Schwert wie Odins.

Carul.

Mora du bist gefallen in deiner Schönheit, gesunken in deiner Blüthe! lieblich warst du wie der Stern des Abends, freundlich wie die scheidende Sonne.

Thormod.

Brüllende Bergströme stürzen von ihren Gipfeln, Wogen brausen! tobende Winde heulen über der Eb'ne, aber nicht Bergströme, Wogen, und Stürme erwecken Mora, denn sie schläft den langen Schlummer. Mora! Mora dich erweckt nicht der blumige Frühling, nicht der Glanz des Morgens, nicht der Purpur des Abends, nicht der Ruf der Liebe. Schön ists zu wandeln, im Lichte des Lebens, aber eng ist das Grab und finster, ewig der Schlummer, darum weinet um Mora, denn sie kehrt nicht wieder zum Lichte.

Musa

Der große Ba-Yazed war in einer schmählichen Gefangenschaft gestorben, das osmanische Reich in seinen Grundfesten erschüttert, denn seine Macht ward in der blutigen Schlacht bei Ancyra durch den Beherrscher der Mongolen, Timurlank, gebrochen. Dennoch stand es da, wie eine Ruine, die nur eines gewaltigen Herrscherwortes bedurfte, um herrlicher aus dem Schutt hervorzusteigen. Ba-Yazed hatte drei Söhne hinterlassen, Solimann, Muhamed, und Musa. Musa der Jüngere wurde in dem Hause Othmans seines Oheims erzogen, und der Liebe süseste Bande knüpften ihn frühe an Fetama, Othmans Tochter, und an dessen Sohn Cara-Boga die innigste Freundschaft. So hatte er das siebzehnte Jahr erreicht, als ihn Timurlank zum Sultan der Osmannen ernannte. Gewaltige unaussprechliche Gefühle bewegten die Seele des Jünglings, der bis jetzt sanft und stille war, er staunte nicht lange dankbar über sein Glück, er griff rasch darnach, und wollte es gebrauchen, als sey es ihm angebohren; aber das Schicksal hatte es anders beschlossen. Solimann, sein älterer Bruder, schlau, gewand, ehrgeizig, gewann die Herzen des Volks, er bestieg den Thron, Musa wurde in den Kerker geschleppt, und Fetama die treulose Fetama! gab ihr Herz dem neuen Kronbesitzer. Cara-Boga entzweite sich mit seinem Vater, seiner Schwester, und folgte dem unglücklichen Musa in den Kerker.

Des Gefängnisses tiefe Todtenstille vermochte nicht, Musas wilde Verzweiflung in Schlummer einzuwiegen, und die ewige Nacht die ihn umgab, konnte die Flammen die ihn verzehrten nicht in ihre Schatten begraben. Seine Jugend verblühte im Kerker, seine Tugend erlag der Rache quälenden Gedanken, er war wie ein lebendig Begrabner der verzweifelnd kämpft, den Grabhügel von sich weg zu wälzen, und endlich in schrecklicher Raserei sein eignes Gebein zerreißt.

Schon war ein Jahr so verflossen, als Cara-Boga beschloß ihn zu retten; er verließ ihn mit dem heiligen Schwur: ihm die Krone seiner Väter aufzusetzen oder zu sterben.

Cara-Boga wußte seinen Vater, viele Großen des Reichs und einen Theil der Janitscharen durch Bitten und Versprechungen auf Musas Seite zu bringen. Alle vereinigten sich, den Tirannen Solimann zu stürzen, und Cara-Boga zu gehorchen, bis Musa den Zepter würde ergriffen haben. Die entscheidende Nacht nahte. Mohadi, Großvezier und mitverschworen, beneidete Cara-Bogas Ansehen und künftigen Einfluß. Im Getümmel der Empörung, stieß er ihm, mit Hülfe einiger Anführer der Janitscharen, das Schwert in die Brust. Doch wurde der Plan der Verschwörung dadurch nicht unterbrochen; der Palast fiel durch Mohadis Verrath in die Hände der Verschwornen. Solimann fiel, mit Wunden bedeckt. Jetzt stieg der Tag herauf! Die Janitscharen eilten nach Musas Gefängniß; ihm träumte eben: Cara-Boga sey in ein Leichentuch verhüllt, vor ihm vorübergegangen, den Blick traurig, sein Haar blutig! Musa streckte die Hände nach ihm aus, rief ihm; aber er antwortete nicht. Da klirrten die Riegel des Gefängnisses; die Janitscharen drangen herein. Cara-Boga! wollte er rufen; da blitzte ihm die Krone entgegen, da jauchzte das Volk, kleidete ihn in Purpur und führte ihn unter einen Thronhimmel, auf dem Marktplatz von Prusa errichtet.

Musas Wangen waren bleich, seine Augen brannten wie zwei Vulkane in einer eingeäscherten Wildniß, eine erzwung'ne Majestät, unter deren Druck er fast zu erliegen schien, war über sein ganzes Wesen ausgegossen, und er sah aus wie die finstere Pracht eines Grabmahls, das ein blühendes Geschlecht bedeckt.

Durch das Getümmel hindurch drängte sich Mohadi und überreichte dem neuen König, in knechtischer Demuth, das Zepter, und ihm nach drängte sich Othmann, fiel nieder und sprach: Großer König! deine erste Handlung sey Gerechtigkeit! Cara-Boga, dein Freund, der dich liebte wie den Morgen, ist gefallen, nicht im rühmlichen Kampf für dich; durch tückischen Meuchelmord Mohadis. Sein letzter Laut war Segen dir!

Eine schreckliche Stille herrschte; der Sultan verhüllte sich in den Purpur, Zeugen traten auf und zeugten gegen Mohadi, und dieser sank zitternd zur Erde. Da rief Musa mit schrecklicher Stimme: Janitscharen! tödtet ihn auf der Stelle, daß des Mörders Anblick kein Auge mehr vergifte.

Aber das Volk und die Janitscharen riefen: Gnade! Gnade dem Vezir!

Ihr Alle habt mich an einem schrecklichen Tag verlassen, sagte Musa: ruhig saht ihr, wie mich der Bruderhaß in den Kerker stürzte, nur er folgte mir, und mochte den Tag nicht sehen, und keine Freude haben, ohne mich, und jetzt, da er die Herrlichkeit die er mir bereitet hat, mit mir theilen soll, jetzt ist er ermordet! schändlich! meuchelmörderisch! tödtet den Mohadi, er hat einen Tropfen langsamen Giftes in meinen Lebensbecher gegossen, er soll nicht zusehen, wie ich ihn austrinke, wie er mein Eingeweide verzehrt.

Aber immer noch: Gnade! Gnade! riefen die Völker.

Ihr gehorcht immer noch nicht? sagte Musa: wohl! ich mag diesen Thron nicht, wenn er mir nicht die Gewalt giebt, so blutiges Verbrechen zu bestrafen; mag in dieser Welt nicht leben die so schändliche Sünde gut heißt; ich steige hinab zu meinem Freunde und tröste ihn über seines Volkes Feigheit. Kommt! tödtet mich! ich falle wie es mir geziemt, im Purpur, königlich, herrlich, dieser Tod ist mein Leben werth, kommt! So sprach Musa, und sich selbst vergessend in fieberhafter Tollkühnheit kniete er sich unter die Säbel der murrenden Janitscharen, um den tödtlichen Streich zu empfangen. Aber sie sahen seine königliche Schönheit; der tiefe Schmerz in dem er ganz verlohren war, ergriff sie, Mohadi wurde der rächenden Gerechtigkeit geopfert, und Musa bestieg den Thron.

Die Erscheinung

Siegreich zog das persische Heer gen Ispahan, durch die südlichen Provinzen zurück. Am Eingang der Bucht von Ormus ward, in einem angenehmen Thale, ein Lustlager errichtet, damit der König sich dort ergötzen mögte, indes die Hauptstadt sich bereitete, den Sieger mit asiatischem Pomp zu empfangen.

Es war Abend. Musik, Gesang und Freude war in allen Theilen des Lagers, nur der König saß einsam unter einem Palmbaum und vernahm nichts als das ungestüme Brausen der See an den Felsen von Ormus, denn seine Seele war der Freude verschlossen. Da trat Nadira zu ihm. Nadira! die Sängerin süßer Wehmuth. Dunkle Locken umflossen, wie Trauergedanken, die Stirne des Mädchens, das Feuer ihrer Augen erlosch in glänzenden Thränen, leise umschwebte ihre Stimme die bebenden Saiten, leise, wie die Lüfte des Frühlings umschweben die duftenden Blumen, und sie sang:

»Die Sonne ist in Purpurfluthen versunken, die Mittagswinde kühlen ihre heissen Flügel in den Düften der Nacht, und die freundlichen Sterne steigen herauf, und erwecken zu Leben und Freude. Aber o ihr Sterne! und du Sonne der Nacht! silberner Mond! warum erweckt ihr nicht Freude im Busen Selimas? Schön war Selima, wie ein Engel der Gnade, aber jetzt ist sie bleich, wild weht ihr Haar, ihr Auge ist starr, denn Astor ist dahin! er wird nimmer gefunden, der schöne Astor!

Astor! Astor! rief der König: o Sängerin! warum hast du meinem Schmerze diesen Namen genannt!

Er raffte sich wild auf, und eilte fort durch die Nacht; die Hände ringend, gieng er am Ufer auf und nieder, und rief noch immer: Astor! Astor! du wirst nimmer gefunden!

Ebn-Allar folgte bestürzt seinem König, und redete ihn also an:

Warum o glänzender Jüngling! Liebling der Gottheit! warum vertrauerst du den Frühling deines Lebens? Ruhm und Liebe lächlen dir, und du trauerst? Komm verlasse diesen düstern Aufenthalt, der

Himmel liegt schwer und drohend über der See, komm! verlaß diesen Ort.

König: Finsterer als dieser Ort ist meine Seele, blutige Todesengel schlagen ihre schwarzen Flügel um mein Haupt. O Astor! aus deinem vergossenen Blute, steigt ein böser Geist rächend herauf! – Unglückselige That! war er der Verräther, warum mußte ich der Mörder seyn?

Ebn-Allar: Vergiß den Todten, und gedenke der Lebenden, er hat dir die Treue gebrochen, sein Tod war Gerechtigkeit.

König: Wenn du jemals mein Freund warst, Ebn-Allar, so gieb mir den einzigen Trost, dessen ich fähig bin. Du rühmst dich der Wissenschaft, Todte aus ihren Gräbern zu rufen, und ihre verschlossenen Lippen zu öffnen: wenn du es kannst? so rufe mir jetzt den Geist von Astor.

Ebn-Allar gehorchte, Beschwörungen murmelnd, warf er sich andächtig verzuckt am Meeresstrand nieder.

Die Wogen brachen sich ächzend am Ufer, die Nachtwinde brausten mit wildem Ungestüm, und über das Thor des Todes flogen krächzende Nachtvögel. Mit schaudernder Erwartung sah der König hinaus in die Nacht, da vernahm er ein leises Rieseln der Fluthen, und aus den Wassern erhob sich langsam ein bleicher Jüngling mit blutigen Locken, ein blasser Mondschein umglänzte ihn, und sein Blick weilte traurig auf dem König.

Geist: Was rufst du mich herauf? König von Persien!

König: Astor! bist du unschuldig? oder strebtest du nach meiner Krone und meinem Leben?

Geist: Das Blut das an deinem Dolche klebt ist unschuldig, mein letztes Todesröcheln war Vergebung dir, aber du vernahmst es nicht. Immer tiefer in die Wogen hinab sank die bleiche Gestalt, die Wasser rieselten, und rauschten endlich dahin über die blutigen Locken.

Vergieb mir! vergieb mir! ich komme dich zu versöhnen! rief der König, und streckte die Hände nach dem Verschwindenden aus, als wollt er ihn erfassen an den blutigen Locken, oder am Grabtuch. Jetzt öffnete das Meer den weiten Schoos, der König stürzte hinab, und

verschlungen von den Fluthen war der Jüngling, in der Blüthe der
Jugend, in dem Glanze des Ruhms.

Der Traurende und die Elfen

Zum Grab der Trauten schleicht der Knabe,

Ihm ist das Herz so bang und schwer;

Da sinkt die dunkle Nacht hernieder

Und bleiche Geister geh'n umher;

Des Abends feuchte Nebel thauen,

Der Nachtwind wühlt in seinem Haar,

Das Alles wird er nicht gewahr.

In Träumen ist er ganz verlohren,

Er merket nicht der Stunden Gang;

Da wekt ihn aus dem dumpfen Schlummer

Musik und froher Chorgesang,

Er blicket auf: und schaut den Reigen

Der Elfen, deren munt'rer Tanz

Sich schlingt um frischer Gräber Kranz.

Und sieh! ihm naht der Elfen Schönste,

Und spricht: »was trauerst du so sehr?

Komm! ist dein Mädchen dir gestorben?

Vergiß sie! komm zum Tanze her.

Frei sind wir Elfen, ohne Sorgen,

Leicht wie der Sinn ist unser Fuß,

Und froh und leicht sind Lieb und Kuß.

O zögre nicht! nur wenig Stunden

So moderst du, nur kurze Zeit

So welket Alles, was jetzt blühet,

Drum komm! entsag dem schweren Leid'. –

Wild springt er auf zum raschen Tanze

Und über seiner Braut Gebein

Schlingt sich der lust'ge Elfenreihn.

Er tanzt, vergisset die Geliebte,

Leicht, wie der Elfen, wird sein Sinn

Entbunden aller Erdensorgen

Schwingt er sich über Wolken hin.

Er sieht Geschlechter kommen, sterben,

Kann Alles froh und lustig sehn

Der Dinge Blühen und Vergehn.

Die Bande der Liebe

Ach! mein Geliebter ist tod! er wandelt im Lande der Schatten

Sterne leuchten ihm nicht, ihm erglänzet kein Tag

Und ihm schweigt die Geschichte; das Schicksal der Zeiten

Gehet den mächtigen Gang, doch ihn erwecket es nicht;

Alles starb ihm mit ihm, mir ist er doch nicht gestorben

Denn ein ewiges Band eint mir noch immer den Freund.

Liebe heißet dies Band, das an den Tag mir geknüpft

Hat die erebische Nacht, Tod mit dem Leben vereint.

Ja ich kenne ein Land, wo Todte zu Lebenden reden,

Wo sie, dem Orkus entflohn, wieder sich freuen des Lichts,

Wo von Erinn'rung erweckt, sie auferstehn von den Todten

Wo ein irdisches Licht glühet im Leichengewand.

Seliges Land der Träume! wo, mit Lebendigen, Todte

Wandeln, im Dämmerschein, freuen des Daseyns sich noch.

Dort, in dem glücklichen Land, begegnet mir wieder der Theure,

Freuet, der Liebe, sich meiner Umarmungen noch;

Und ich hauche die Kraft der Jugend dann in den Schatten,

Daß ein lebendig Roth wieder die Wange ihm färbt,

Daß die erstarreten Pulse vom warmen Hauche sich regen,

Und der Liebe Gefühl wieder den Busen ihm hebt.

Darum fraget nicht, Gespielen! was ich so bebe?

Warum das rosigte Roth löscht ein ertödtendes Blaß?

Theil ich mein Leben doch mit unterirdischen Schatten,

Meiner Jugend Kraft schlürfen sie gierig mir aus.

Des Wandrers Niederfahrt

Wandrer.

Dies ist, hat mich der Meister nicht betrogen

Des Westes Meer in dem der Nachtwind braußt.

Dies ist der Untergang von Gold umzogen,

Und dies die Grotte, wo mein Führer haußt. –

Bist du es nicht, den Tag und Nacht geboren

Des Scheitel freundlich Abendröthe küßt!

In dem sein Leben Hälios verlohren

Und dessen Gürtel schon die Nacht umfließt.

Herold der Nacht! bist du's der zu ihr führet

Der Sohn den sie dem Sonnengott gebieret?

Führer.

Ja, du bist an dessen Grotte,

Der dem starken Sonnengotte

In die Zügel fiel.

Der die Rosse westwärts lenket,

Daß sich hin der Wagen senket,

An des Tages Ziel.

Und es sendet mir noch Blicke

Liebevoll der Gott zurücke

Scheidend küßt er mich;

Und ich seh es, weine Thränen

Und ein süßes stilles Sehnen

Färbet bleicher mich;

Bleicher, bis mich hat umschlungen,

Sie, aus der ich halb entsprungen,

Die verhüllte Nacht.

In ihre Tiefen führt mich ein Verlangen

Mein Auge schauet noch der Sonne Pracht

Doch tief im Thale hat sie mich umpfangen

Den Dämmerschein verschlingt schon Mitternacht.

Wandrer.

O führe mich! du kennest wohl die Pfade

Das alte Reich der dunklen Mitternacht;

Hinab will ich ans finstere Gestade

Wo nie der Morgen, nie der Mittag lacht.

Entsagen will ich jenem Tagesschimmer

Der ungern uns der Erde sich vermählt,

Geblendet hat mich, trüg'risch, nur der Flimmer,

Der Ird'sches nie zur Heimath sich erwählt.

Vergebens wollt' den Flüchtigen ich fassen,

Er kann doch nie vom steten Wandel lassen.

Drum führe mich zum Kreis der stillen Mächte,

In deren tiefem Schoos das Chaos schlief,

Eh, aus dem Dunkel ew'ger Mitternächte,

Der Lichtgeist es herauf zum Leben rief.

Dort, wo der Erde Schoos noch unbezwungen

In dunkle Schleier züchtig sich verhüllt,

Wo er, vom frechen Lichte nicht durchdrungen,

Noch nicht erzeugt dies schwankende Gebild

Der Dinge Ordnung, dies Geschlecht der Erde!

Dem Schmerz und Irrsal ewig bleibt Gefährte.

Führer.

Willst du die Götter befragen,

Die des Erdballs Stützen tragen,

Lieben der Erde Geschlecht,

Die in seliger Eintracht wohnen,

Ungeblendet von irdischen Sonnen,

Ewig streng und gerecht;

So komm, eh ich mein Leben ganz verhauchet,

Eh mich die Nacht in ihre Schatten tauchet.

Horch! es heulen laut die Winde,

Und es engt sich das Gewinde

Meines Wegs durch Klüfte hin.

Die verschloß'nen Ströme brausen,

Und ich seh mit kaltem Grausen

Daß ich ohne Führer bin.

Ich sah ihn blässer, immer blässer werden,

Und es begrub die Nacht mir den Gefährten.

In Wasserfluthen hör ich Feuer zischen

Seh wie sich brausend Elemente mischen;

Wie, was die Ordnung trennet, sich vereint.

Ich seh, wie Ost und West sich hier umpfangen,

Der laue Süd spielt um Boreas Wangen,

Das Feindliche umarmet seinen Feind

Und reißt ihn fort in seinen starken Armen:

Das Kalte muß in Feuersgluth erwarmen.

Tiefer führen noch die Pfade

Mich hinab, zu dem Gestade

Wo die Ruhe wohnt,

Wo des Lebens Farben bleichen,

Wo die Elemente schweigen

Und der Friede thront.

Erdgeister.

Wer hieß herab dich in die Tiefe steigen

Und unterbrechen unser ewig Schweigen?

Wandrer.

Der rege Trieb: die Wahrheit zu ergründen!

Erdgeister.

So wolltest in der Nacht das Licht du finden?

Wandrer.

Nicht jenes Licht das auf der Erde gastet

Und trügerisch dem Forscher nur entflieht,

Nein, jenes Urseyn das hier unten rastet

Und rein nur in der Lebensquelle glüht.

Die unvermischten Schätze wollt' ich heben

Die nicht der Schein der Oberwelt berührt

Die Urkraft, die, der Perle gleich, vom Leben

Des Daseyns Meer in seinen Tiefen führt.

Das Leben, in dem Schoos des Lebens schauen;

Wie es sich kindlich an die Mutter schmiegt

In ihrer Werkstatt die Natur erschauen,

Sehn, wie die Schöpfung ihr am Busen liegt.

Erdgeister.

So wiß! es ruht die ew'ge Lebensfülle

Gebunden hier noch in des Schlafes Hülle

Und lebt und regt sich kaum,

Sie hat nicht Lippen um sich auszusprechen,

Noch kann sie nicht des Schweigens Siegel brechen,

Ihr Daseyn ist noch Traum.

Und wir, wir sorgen, daß noch Schlaf sie decke

Daß sie nicht wache, eh' die Zeit sie wecke.

Wandrer.

O ihr! die in der Erde waltet,

Der Dinge Tiefe habt gestaltet,

Enthüllt, enthüllt euch mir!

Erdgeister.

Opfer nicht und Zauberworte

Dringen durch der Erde Pforte,

Erhörung ist nicht hier.

Das Ungeborne ruhet hier verhüllet

Geheimnißvoll, bis seine Zeit erfüllet.

Wandrer.

So nehmt mich auf, geheimnißvolle Mächte,

O wieget mich in tiefem Schlummer ein.

Verhüllet mich in eure Mitternächte,

Ich trete freudig aus des Lebens Reihn.

Laßt wieder mich zum Mutterschoose sinken,

Vergessenheit und neues Daseyn trinken.

84/99

Umsonst! an dir ist uns're Macht verlohren,

Zu spät! du bist dem Tage schon geboren;

Geschieden aus dem Lebenselement.

Dem Werden können wir, und nicht dem Seyn gebieten

Und du bist schon vom Mutterschoos geschieden

Durch dein Bewußtseyn schon vom Traum getrennt.

Doch schau hinab, in deiner Seele Gründen

Was du hier suchest wirst du dorten finden,

Des Weltalls sehn'nder Spiegel bist du nur.

Auch dort sind Mitternächte die einst tagen,

Auch dort sind Kräfte, die vom Schlaf erwachen

Auch dort ist eine Werkstatt der Natur.

Mahomets Traum in der Wüste

Bei des Mittags Brand

Wo der Wüste Sand

Kein kühlend Lüftchen erlabet,

Wo heiß, vom Samum nur geküsset,

Ein grauer Fels die Wolken grüßet

Da sinket müd der Seher hin.

Vom trügenden Schein

Will der Dinge Seyn

Sein Geist, betrachtend hier, trennen.

Der Zukunft Geist will er beschwören,

Des eignen Herzens Stimme hören,

Und folgen seiner Eingebung.

Hier flieht die Gottheit,

Die der Wahn ihm leiht,

Der eitle Schimmer verstiebet.

Und ihn, auf den die Völker sehen,

Den Siegespalmen nur umwehen,

Umkreist der Sorgen dunkle Nacht.

Des Sehers Traum

Durchflieget den Raum

Und all' die künftigen Zeiten,

Bald kostet er, in trunknem Wahne,

Die Seligkeit gelung'ner Plane,

Dann sieht er seinen Untergang,

Entsetzen und Wuth,

Mit wechselnder Fluth,

Kämpfen im innersten Leben,

Von Zweifeln, ruft er, nur umgeben!

Verhauchet der Entschluß sein Leben!

Eh' Reu ihn und Mißlingen straft.

Der Gottheit Macht,

Zerreiße die Nacht

Des Schicksals, vor meinen Blicken!

Sie lasse mich die Zukunft sehen,

Ob meine Fahnen siegreich wehen?

Ob mein Gesetz die Welt regiert?

Er sprichts; da bebt

Die Erde, es hebt

Die See sich auf zu den Wolken,

Flammen entlodern den Felsenklüften,

Die Luft, erfüllt von Schwefeldüften,

Läßt träg die müden Schwingen ruhn.

Im wilden Tanz,

Umschlinget der Kranz

Der irren Sterne, die Himmel;

Das Meer erbraußt in seinen Gründen,

Und in der Erde tiefsten Schlünden

Streiten die Elemente sich.

Und der Eintracht Band,

Das mächtig umwand

Die Kräfte, es schien gelöset.

Der Luft entsinkt der Wolken Schleier

Und aus dem Abgrund steigt das Feuer,

Und zehret alles Ird'sche auf.

Mit trüberer Fluth

Steigt erst die Gluth,

Doch brennt sie stets sich reiner,

Bis hell ein Lichtmeer ihr entsteiget

Das lodernd zu den Sternen reichet

Und rein, und hell, und strahlend wallt.

Der Seher erwacht

Wie aus Grabesnacht

Und staunend fühlt er sich leben,

Erwachet aus dem Tod der Schrecken,

Harr't zagend er, ob nun erwecken

Ein Gott der Wesen Kette wird.

Von Sternen herab

Zum Seher hinab

Ertönt nun eine Stimme:

»Verkörpert hast du hier gesehen

Was allen Dingen wird geschehen

Die Weltgeschichte sahst du hier.

Es treibet die Kraft

Sie wirket und schafft,

In unaufhaltsamem Regen;

Was unrein ist das wird verzehret,

Das Reine nur, der Lichtstoff, währet

Und fließt dem ew'gen Urlicht zu.«

Jetzt sinket die Nacht

Und glänzend ertagt

Der Morgen in seiner Seele.

Nichts! ruft er, soll mich mehr bezwingen:

Daß Licht nur werde! sey mein Ringen,

Dann wird mein Thun unsterblich seyn.

Zilia an Edgar

O Edgar komm! ich wein auf Islands Küste,

Mein müder Blick durchirrt das weite Meer,

Doch, er durchspäht umsonst die Wasserwüste!

Mein Edgar kehret nimmer nimmer mehr.

Ich weine einsam am verlaß'nen Strande

Vom rauhen Nordwind stürmisch nur umsaust;

Und Nebel sinken zum beeisten Lande

Das schäumend wild die hohe See umbraußt.

Nur Tannen wiegen sich im hohlen Winde,

Der Wiederhall seufzt mit am Meeresstrand

Und lange Nacht umringt, wie Grabesschlünde,

Mit dunkeln Trauerschatten Meer und Land.

So muß ich Alles mit mir trauern sehen,

Mein Leben gießt in allen Schmerz sich hin,

In Aller Trauer werd' ich mit vergehen

Wie sich im Meer die Tropfen Thau verziehn.

Drum komm! ich fühle meine Kraft entfliehen,

In Träumen lös't sich mein Bewußtseyn auf.

Der bleiche Lebensfunke wird verglühen,

In tiefen Schmerzen hört mein Daseyn auf.

Liebe

O reiche Armuth! Gebend, seliges Empfangen!

In Zagheit Muth! in Freiheit doch gefangen.

In Stummheit Sprache,

Schüchtern bei Tage,

Siegend mit zaghaftem Bangen.

Lebendiger Tod, im Einen sel'ges Leben

Schwelgend in Noth, im Widerstand ergeben,

Genießend schmachten,

Nie satt betrachten

Leben im Traum und doppelt Leben.

Ariadne auf Naxos

Auf Naxos Felsen weint verlassen Minos Tochter.

Der Schönheit heisses Flehn erreicht der Götter Ohr.

Von seinem Thron herab senkt, Kronos Sohn, die Blitze,

Sie zur Unsterblichkeit in Wettern aufzuziehn.

Poseidon, Lieb entbrannt, eröffnet schon die Arme,

Umschlingen will er sie, mit seiner Fluthen Nacht.

Soll zur Unsterblichkeit nun Minos Tochter steigen?

Soll sie, den Schatten gleich, zum dunklen Orkus gehn?

Ariadne zögert nicht, sie stürzt sich in die Fluthen:

Betrogner Liebe Schmerz soll nicht unsterblich seyn!

Zum Götterloos hinauf mag sich der Gram nicht drängen,

Des Herzens Wunde hüllt sich gern in Gräbernacht.

Der Franke in Egypten

Wie der Unmuth mir den Busen drücket,

Wie das Glück mich hämisch lächelnd flieht.

Ist denn Nichts was meine Seele stillet?

Nichts, was dieses Lebens bange Leere füllet? –

Dieses Sehnen, wähnt' ich, sucht die Vorwelt,

Die Heroenzeit ersehnt mein kranker Geist.

An vergang'ner Größe will dies Herz sich heben,

Und so eilt' ich deinem Strande zu,

Du der Vorwelt heiligste Ruine,

Fabelhaftes Land, Egypten du!

Ha! da wähnt' ich aller Lasten mich entladen

Als der Heimath Gränze ich einteilet war.

Träumend wallt' ich mit der Vorzeit Schatten,

Doch bald fühlt' ich, daß ich unter Todten sey,

Neu bewegte sich in mir das Leben,

Antwort konnte mir das Grab nicht geben. –

Ins Gewühl der Schlachten,

Warf ich durstig mich,

Aber Ruhm und Schlachten,

Ließen traurig mich:

Der Lorbeer der die Stirne schmückt,

Er ists nicht immer der beglückt.

Da reichte mir die Wissenschaft die Hand,

Und folgsam gieng ich nun an ihrer Seite,

Ich stieg hinab in Pyramiden Nacht,

Ich mas des Möris See, des alten Memphis Größe,

Und all die Herrlichkeit, die sonst mein Herz geschwellt,

Sie reicht dem Durstigen nur der Erkenntniß Becher.

Ich dachte, forschte nur, vergaß daß ich empfand. –

Doch ach! die alte Sehnsucht ist erwacht,

Aufs neue fühl ich suchend ihre Macht,

Was geb ich ihr? Wohin soll ich mich stürzen?

Was wird des Lebens lange Oede würzen?

Ha! Sieh, ein Mädchen! wie voll Anmuth,

Wie lieblich hold erscheint sie mir!

Soll ich dem Zuge widerstehen?

Doch nein! ich rede kühn zu ihr.

Ist dies der Weg der Pyramiden?

O, schönes Mädchen! sag es mir!

Mädchen.

Du bist nicht auf dem Weg der Pyramiden,

O Fremdling! doch ich zeig ihn dir.

Brennend sengt die heisse Mittagssonne,

Jede Blume neigt das schöne Haupt,

Aber du der Blumen Schönste hebest,

Jung, und frisch, das braungelockte Haupt.

Mädchen.

Willst du in des Vaters Hütte dich erkühlen

Komm, es nimmt der Greis dich gerne auf.

Franke.

Welchen Namen trägst du schönes Mädchen?

Und dein Vater; sprich, wo wohnet der?

Mädchen.

Lastrata heiß ich; und mein guter Vater

Er wohnt mit mir im kleinen Palmenthal,

Doch nicht des Thales angenehme Kühle,

Nicht Bäche Murmeln, nicht der Sonne Kreisen

Erfreuet meinen guten Vater mehr.

Franke.

Wie! freut dem Vater nicht des Stromes Quellen,

Der Palmen lindes Frühlingssäuseln nicht?

Ich faß es; doch, wie es ein Gram mag geben

Der deiner Tröstung möchte widerstreben,

Das nur, Lastrata, faß ich nicht.

Mädchen.

Italien ist das Vaterland des Greisen,

Und vieles Unglück bracht ihn nur hierher.

Mit sehnsuchtsvollem Blick schaut er am Mittelmeere

Hinüber in das vielgeliebte Land.

Und seufzend sehn' auch ich hinüber

Nach jenen Blüthenreichen Küsten mich.

Erkranket ruht mein Geist auf jener blauen Ferne,

Und schöne Träume tragen mich dahin.

Sag', wogt nicht schöner dort der Strom des Lebens?

Sehnt dort die kranke Brust sich auch vergebens?

Franke.

Mädchen! ach! von gleichem Wunsch betrogen,

Wähnt' ich: schönes berg' die Ferne nur,

Doch umsonst durchsegelt' ich die Wogen,

Hat auch diese Ahndung mir gelogen

Die du, Mädchen, jetzt in mir erweckt. –

Mädchen.

Fremdling! kannst du diese Sehnsucht deuten?

Fühlst du dieses unbestimmte Leiden?

Dieses Wünschen ohne Wunsch?

Franke.

Ja ich fühl ein Sehnen, fühl ein Leiden.

Doch jetzt kann ich diese Wünsche deuten,

Und ich weiß, was dieses Streben will.

Nicht an fernen Ufern, nicht in Schlachten!

Wissenschaften! nicht an eurer Hand,

Nicht im bunten Land der Phantasien!

Wohnt des durst'gen Herzens Sättigung.

Liebe muß dem müden Pilger winken,

Myrthen keimen in dem Lorbeerkranz,

Liebe muß zu Heldenschatten führen,

Muß uns reden aus der Geisterwelt. —

Mächt'ger Strom! ich fühlte deine Wogen,

Unbewußt fühlt' ich mich hingezogen,

Nur wohin! wohin! das wußt' ich nicht.

Wohl mir! dich und mich hab' ich gefunden.

Liebe hat dem Chaos sich entwunden.

CRIME DE VILLAGE

Jules Renard

Crime de village

I

La nuit était venue doucement, et le père Rollet, les bras croisés, en manches de chemise, en gilet bleu passé à larges poches, fumait sa pipe courte et noire sur un petit banc de bois qu'il avait cloué sous l'unique fenêtre de sa chaumière.

Il ne pensait pas à grand chose et écoutait la voix de crécelle des rainettes qui chantaient dans les buissons d'alentour et troublaient seules le grand silence. Du fumier qu'il avait enclos devant sa porte, entre quatre petits murs de pierres sèches, il lui venait un air tout chargé d'odeurs chaudes.

Au milieu, se dressait un saule mince et maigre, aux feuilles fines comme des lames, dont quelques-unes, desséchées, tourbillonnaient, à peine retenues par un fil.

Il était drôlement venu, ce saule : un vieux pieu qu'on avait autrefois planté là et qui avait soudain bourgeonné, fait des branches, à la grande surprise de tous, grâce à l'humidité du sol trempé de sucs.

De temps en temps, le père Rollet faisait glisser sa pipe à l'un des coins de sa bouche, tournait la tête vers la fenêtre, et répondait par des phrases brèves et ménagées aux questions de sa femme qui mangeait, à l'intérieur, une assiette sur ses genoux, sans lumière, avec un grand bruit de mâchoires. Ils parlaient peu, mettant de longs intervalles entre leurs phrases, comme pour examiner à leur aise la portée de chacune.

Il s'agissait d'une vache que le père Collard leur marchandait. Eux voulaient la vendre six cents francs ; lui n'en donnait que cinq cents, à cause qu'elle gambillait un peu d'une des pattes de derrière. L'entente n'arrivait pas, chacun y mettant l'obstination pointilleuse de paysans endurcis qui font peu d'affaires, mais les font bien.

« Faudra céder pour la moitié », dit la femme.

L'homme répondit :

« Faudra voir. »

En ce moment, il distingua au loin une ombre, puis une autre plus petite qui se détachaient des ténèbres épaisses.

« C'est vous, Collard ? »

Une voix cria :

« C'est nous. »

Le père Collard avait des sabots blancs à peine équarris, une casquette en peau de loutre, un manche de fouet sans fouet à la main, l'air finaud et avare.

La mère Collard, courte et bavarde, portait un grand cabas toujours plein qui ne la quittait pas dans ses plus petites courses et qui lui battait lourdement les flancs.

Le père Rollet les fit entrer.

« Eh ben ! êtes-vous décidé ? »

Pour sûr que non, qu'il ne l'était pas, décidé. Il devait en démordre ; sans ça, rien.

La mère Rollet alluma une bougie toute neuve dans un lourd chandelier de fer et l'on s'assit, les femmes sur le rebord en briques de la cheminée, les hommes sur l'arche au pain frottée et luisante, les mains sur les genoux.

On causa d'abord de choses et d'autres ; puis, au bout d'un assez long silence, que scandait pesamment le tic-tac de la vieille horloge, les deux hommes reprirent leur débat à propos de la vache.

Ils parlotèrent longuement sans parvenir à se convaincre. Tous les deux donnaient obstinément leurs raisons et ne s'écoutaient ni l'un ni l'autre.

Les femmes demeuraient silencieuses, très intéressées, les yeux fixés sur eux et le menton dans le creux des mains.

Rollet proposa :

« Si on allait à l'auberge ? Ça irait peut-être mieux. »

Collard accepta. Ils sortirent. Les femmes leur crièrent de ne pas rester trop longtemps, la Collard plus fort que l'autre, parce qu'ils demeuraient tout au bout du village. Elles restèrent seules.

II

Elles se contèrent tous les commérages du jour, passèrent en revue les voisins, les parents, sans excepter leurs maris qu'elles s'enviaient réciproquement, par politesse.

« On pourrait s'arranger », dit la Rollet.

Et cette idée inattendue, qu'elles n'auraient qu'à demander pour avoir un autre homme, nouveau, tout neuf, partout, dans leur lit, sur leur dos, les agita d'un rire inextinguible, qu'elles savouraient en larmes. Elles revenaient sans cesse à ce sujet, et quand elles l'eurent épuisé, la conversation languit.

Il y eut une pause, coupée de petits hoquets intermittents, quand l'une d'elles trouvait plus drôle cette idée usée qui achevait de se dérouler en son esprit comme l'écho continue la voix. Puis, rien.

La bougie pâle les éclairait faiblement, posant çà et là un reflet capricieux sur le poli des meubles ou le brillant des carreaux rouges.

Les deux femmes courbaient la tête presque entre leurs genoux, absorbées.

La Rollet dit tout à coup :

« Vous vous ennuyez, pas vrai ? »

La Collard protesta ; mais, comme elle regardait à chaque instant du côté de la porte, se levant à demi quand elle entendait un bruit de pas, le cabas au bras, toute prête à partir, la Rollet insista :

« Si, j'vois ben que vous vous ennuyez. »

La Collard ne se défendit plus et répondit naïvement :

« C'est toujours comme ça quand je suis chez les autres.

– C'est bien naturel », dit la Rollet. D'ailleurs, elle bâillait aussi et, malgré elle, tournait ses paupières lourdes vers l'énorme lit qui faisait dans un coin une masse d'un vert sombre, si haut qu'il fallait en y montant se plier en deux pour ne pas se cogner la tête aux solives enfumées. Elle dit tout à coup :

« Ma foi, tant pis pour eux, je vas me coucher, vous permettez ?

– Ça ne me fait rien », dit la Collard.

La Rollet en un instant fut en chemise, grimpa sur la chaise, puis sur le lit, montrant ses jambes maigres et ballantes. La Collard plaisanta, mais, au fond, elle commençait à se désespérer : son homme n'arrivait pas. Elle répétait, impatiente : « Seigneur Dieu, qu'est-ce qu'ils font donc ? »

« Si j'étais vous, dit la Rollet, qui nouait son mouchoir à carreaux autour de sa tête, je ferais comme moi, ils ne reviendront pas, bien sûr, ils dorment sur les tables de l'auberge. Je connais mon homme, il aura entraîné le vôtre à boire.

– C'est plutôt le mien qui aura entraîné le vôtre.

– À telle enseigne qu'ils sont tous les mêmes ; allez, venez donc. »

La Collard riait, refusait.

« Si vous avez peur qu'ils reviennent, ne quittez pas votre jupe, vous serez tout de suite rhabillée. »

La Collard pesait les paroles.

« C'est vrai qu'ils sont longs ; je ne peux pourtant pas passer la nuit comme ça, sur une chaise. »

Et, brusquement, elle posa son cabas, ses savates, son caraco, noua son bonnet plus serré, escalada le lit et se glissa du côté de la ruelle.

« J'aime mieux le coin, dit-elle.

– Ah ! qu'à cela ne tienne, je vous le cède. »

Elles riaient de bon cœur, toutes les deux, ragaillardies, et le bavardage reprit, sur la Dame blanche, sur les revenants. La Rollet n'y croyait pas, elle avait bien plus peur des puces. Heureusement, elle connaissait le moyen de s'en débarrasser, comme les renards.

« Les renards ?

– Comment, vous ne savez pas ? dit la Rollet, d'une voix flûtée. Ah ! des malins. Ils attendent qu'il y en ait tout plein ; alors ils roulent en boule un paquet d'herbes sèches qu'ils se fourrent dans la gueule, puis ils vont à la rivière et y trempent avec précaution le bout de leur queue. Les puces ont peur de l'eau comme les poules. Elles remontent la queue, prenant les autres sur leur chemin. Le renard enfonce de plus en plus, lentement ; les puces remontent, remontent, arrivent à la tête, à la gueule, puis ne trouvant plus de sec que la boule d'herbe, s'y mettent toutes. Le renard les lâche dans l'eau et se sauve. »

C'était gentiment imaginé, comme on voit.

La Collard s'amusait, incrédule, cherchant un moyen de l'attraper à son tour. Elle la vit subitement s'endormir de ce sommeil lourd où se dissolvent toutes les fatigues du jour, qui ferme les yeux comme une plaque de métal.

Elle avait trouvé. Elle tira tout le lourd édredon à elle, le roula, le tassa sous ses draps, à sa place ; puis elle se coula dans la ruelle.

La Rollet dormait, sur le dos, la bouche entr'ouverte par un souffle léger, les bras tendus à ses côtés comme une statue ridée couchée sur un tombeau. Au-dessus de sa tête se penchaient un Christ noir, une vieille gravure, un grand ange à genoux, en prière, dont la tête disparaissait presque entière entre les deux ailes démesurées, comme dans un béguin de religieuse.

En un coin de mur, un grillon poussait obstinément son cri-cri mélancolique.

Du fond de son sommeil, elle sentit sur sa poitrine de petites pressions brusques, comme si le drap du lit eût été tiré à coups secs par une main invisible.

Elle s'éveilla, dressa la tête, écouta, crut qu'elle s'était trompée et reposa sa tête sur l'oreiller. De nouveau, la même impression eut lieu. Cette fois, elle eut peur et donna des coups de poing dans la ruelle, sur l'édredon.

« Y a quelqu'un ; réveillez-vous. »

Rien ne bougea.

« Mais réveillez-vous donc, je vous dis qu'y a quelqu'un. »

Cependant, on tiraillait encore le drap. Elle fit un effort pour secouer la paralysie de la peur qui commençait à la gagner et se laissa glisser au bas du lit. Elle sentit quelque chose qui se levait le long de ses jambes. Dans le mouvement qu'elle fit pour se soutenir, sa main rencontra le chandelier de fer. Elle le prit, le leva, énergique, sur sa tête, et l'abattit de toutes ses forces, à plusieurs reprises, tellement hors d'elle-même qu'elle n'entendit pas une voix sourde, la voix de la Collard, crier :

« Mais c'est moi, êtes-vous folle, c'est moi. »

Et, lourdement, un corps s'affaissa.

À tâtons, la Rollet trouva un bout de bougie cassée, l'alluma et vit la Collard étendue, le crâne ouvert ; un mince filet rouge serpentait dans les interstices des carreaux.

Comme dans les vrais crimes, l'horloge sonna minuit.

III

En ce moment, les deux hommes rentraient, un peu gris. Rollet disait en paroles têtues :

« Non, c'est pas possible, une vache qui a les yeux noirs. »

Ils s'arrêtèrent, les bras écartés, glacés. La Rollet leur dit tout, en sanglots.

Rollet se pencha sur le corps :

« All' est ben morte », dit-il.

Collard répétait sans colère :

« Dieu ! c'est-il possible, ma pauvre femme ! »

Et tous les trois restaient autour du cadavre, le corps devenu mou et la volonté rendue lâche, plus par l'étonnement que par la douleur, les hommes les yeux secs, la femme s'arrêtant de pleurer du moment qu'on prenait l'affaire ainsi.

Ils ne pouvaient que redire :

« Qué que j'allons faire à c't' heure ?

– Faut l'emporter chez toi, Collard. »

Rollet alla chercher une brouette qui ne servait plus et dont il enleva la roue, le dos et les ailes, ce qui en fit un brancard. On y coucha la morte. La Rollet lui lava le visage, puis elle choisit et prêta un vieux châle pour l'envelopper, à cause des fraîcheurs.

Les hommes se placèrent aux deux extrémités du brancard.

Ils allaient l'enlever quand Rollet, par-dessus la morte, frappa l'épaule de Collard :

« Dis donc, tu diras rien ? »

Collard répondit :

« Dame, si ; ça me ferait des affaires. »

Rollet réfléchissait, très perplexe. Il y aurait une enquête bien sûr, on l'appellerait au tribunal.

Il eut une idée :

« Je te la laisse à cinq cent cinquante. »

Collard protesta :

« J'dis pas ça pour la vache. »

Rollet reprit :

« Cinq cent trente. »

Collard se fâcha :

« On n'est point brute. »

Rollet se baissa pour reprendre les brancards :

« Puisque tu veux de l'escandale, n'en parlons plus. »

Collard se grattait les cheveux :

« Tu croirais que c'est pour la vache. »

Ils disaient cela, tous les deux, posément, prêts à reprendre la discussion, Rollet les dents un peu serrées comme si les paroles lui coûtaient à sortir, Collard le visage tendu aux offres, l'œil brillant quand l'autre baissait le prix.

Dans un rayon de lune, le verre de l'horloge avait l'air d'un œil immense fixé sur eux.

« Autant en finir, prends-la pour cinq cents ! »

Collard avança la main :

« C'est dit. Je dirai qu'elle s'est tuée en tombant sur un pavé. »

Et ils se tapèrent fortement dans les mains, comme pour les marchés, au-dessus de la morte qui les regardait avec des yeux blancs.

Ils soulevèrent le brancard et sortirent. En plein air, la rosée qui tombait les fit frissonner et les mouilla de compassion.

« Pauvre ! en venant ce soir ballement tous les deux, je l'aurais jamais cru.

– Ça, c'est vrai, pauvre bonne ! » dit Rollet ; et ils s'enfoncèrent dans les ténèbres. Au commencement, pour se mettre au pas, ils criaient : une, deux ; une, deux. La morte se balançait entre eux et quand ils faiblissaient, l'une de ses jambes pendait, rayait le sol d'un trait brusque. La Rollet cria à son homme :

« Reviendras-tu bientôt ? »

Il répondit :

« Je ne sais pas, peut-être ben que oui, peut-être ben que non, ça dépend. »

Elle les suivit des yeux.

Quand ils eurent disparu, elle murmura :

« Cinq cents francs une vache comme ça, qu'a les yeux noirs, c'est pas cher. »

Après une pose, elle acheva :

« C'est pour rien. » Et elle rentra dans la chaumière afin de laver le sol et de remettre un peu d'ordre.

La porte retomba lourdement, comme un bâillement qui se ferme, avec une bruit sourd, un de ces bruits étranges au milieu de la nuit, qui grandissent et meurent, multipliés et absorbés par les échos, semblables à des plaintes humaines.

Flirtage

I

« Taisez-vous donc, José !

– Ah ! ah ! Marguite. »

C'était bien à peu près tout ce qu'on entendait de voix humaine parmi la multitude des petits bruits secs et crépitants.

Dans la large salle sombre, aux dalles bosselées, un peu humides, tout autour d'un grand feu qu'avivait le grésillement des chènevottes, on teillait sans rien dire. À des ondes de vent plus violentes qui s'engouffraient dans la cheminée, la flamme se courbait comme un être fantastique aux cent langues, dont chacune ramassait, pour le tordre, un brin de chanvre cassé. Il tourbillonnait un peu de fumée. Chaque tête penchée se redressait, et les reflets du foyer se coupaient à des profils étranges.

Par moments, la porte s'entr'ouvrait. On entendait bruire la bise ; un domestique entrait, s'asseyait pesamment, prenait sa poignée et teillait. Sa part lui était mesurée.

Il se hâtait d'en finir, et, quand il avait achevé sa teille, il prenait une des petites lampes rangées sur la table et sortait en faisant sonner sur les pavés de la cour ses gros sabots ferrés.

Le grand-père, maigre et soigné, séparait avec minutie et sans en rien perdre la chènevotte de toute son écorce.

Il se penchait fréquemment en arrière sur son escabeau, puis il éloignait de ses yeux, pour bien voir, la filasse de chanvre qu'il agitait comme une belle chevelure blanche.

Le bourgeois et la bourgeoise teillaient ardemment, avec habileté, et Marguite ne tournait la tête que pour crier :

« Taisez-vous donc, José. »

José était un moissonneur du village voisin. Grand, desséché, bêta, il riait toujours, de tout, avec tout le monde, avec les bêtes, avec lui. De plus, oscillant et déhanché, il semblait marcher autant avec le torse qu'avec les jambes. Un jour qu'il s'en revenait des champs, il aperçut Marguite sur la route. Elle avait sous le bras un parapluie à carreaux rouges et bleus, attaché avec un cordon blanc.

De ses deux mains, le corps légèrement arqué en arrière, elle retenait par une ficelle un délicieux goret, un tout mignon petit cochon qui trottait par soubresauts sur ses trois pattes libres.

José se mit à rire d'une oreille à l'autre.

Marguite s'arrêta, gênée.

Le goret tirait sur la ficelle, la queue frisée.

Devant eux, José, les jambes écartées, les deux mains sur les cuisses, n'en pouvait plus, s'épanouissait.

« La gentille queue ! une vraie papillote. »

Elle rit aussi.

Ils causèrent.

Elle venait de loin, de M..., où elle avait acheté le goret pour ses bourgeois.

« De M... ? elle connaissait donc M...

– J'y suis née.

– Comme moi. »

Ils étaient du même pays. Ils n'en revenaient pas. À cause de cela, et en faveur du petit cochon, José la trouva rudement jolie.

Ils s'assirent au bord de la route, sur l'herbe.

Elle, le buste droit, sa jupe de laine serrée autour de ses jambes, convenable et réservée, jouait aux osselets avec des petits cailloux jaunes.

Lui, tenait à son tour le goret, se penchait le plus possible, pour le laisser aller un peu en avant, puis, brusquement tirait la ficelle ; et, chaque fois que le goret roulait sur le ventre en grognant, il partait d'un rire sonore.

« Comme il crie ! On dirait un enfant. »

Ils parlaient du pays, s'exclamant à chaque souvenir. C'était une provision de nouvelles familières. Bientôt, ils n'eurent plus rien à se dire : ils en avaient pour longtemps.

« J'vas rentrer », dit Marguite.

José l'accompagna sans vouloir lâcher le goret. Il se sentait grandir pour lui une amitié un peu intéressée, en y mêlant de plus en plus un goût sincère pour Marguite, jusqu'à les confondre tous les deux en un seul désir.

La queue du goret le captivait surtout.

Il s'obstinait à répéter :

« Une vraie papillote. »

Il ajoutait en regardant obliquement la coiffe de Marguite :

« C'est comme les vôtres. »

Marguite comprenait la finesse et détournait les yeux.

En vue de la ferme, il fallut se séparer : on gronderait Marguite si on la voyait avec lui.

José flatta longuement le goret, l'embrassa et s'adressant autant à lui qu'à Marguite, il demanda :

« On pourra aller vous voir ?

– Oh ! moi, ça m'est égal, répondit Marguite, si ils ne disent rien. »

José les quitta, bougrement fier de ces deux connaissances-là.

III

Le lendemain soir, il descendit à la ferme pour faire sa cour. On se serra sur les bancs, sur les trépieds. Il prit sa place, sans gêne. On plaisanta d'abord les amoureux. Puis, les mots gouailleurs, peu variés, s'usèrent. Personne ne s'occupa plus d'eux. Comme José aidait aux travaux communs (autant de gagné), les bourgeois ne voyaient aucun mal à ses visites.

D'ailleurs, il fallait bien commencer par là.

C'était connu et reçu.

Autant être complaisant, dans la vie.

José s'installait à califourchon, sur un banc, entre le grand-père et Marguite.

Le grand-père peignait finement sa filasse, la mirait à la flamme.

Il chantonnait, malicieux :

« Entre en terre, sors de terre ; entre en l'eau, sors de l'eau ; casse les os pour avoir la peau. »

En avait-il attrapé avec cette devinette subtile !

José cherchait. Quand on ne sait pas, n'est-ce pas ? Tous, bouche bée, attendaient. Soudain le grand-père secouait sur la tête de José un paquet de chanvre roui. José trouvait cette fois, et il riait à n'en plus finir.

Puis, au milieu du silence retombé, ne sachant plus que faire pour ne pas s'endormir, il ramassait des chènevottes, faisait, en les entrelaçant, des croix, des drapeaux, des figures compliquées, avec une attention concentrée, ou du bout de l'une d'elles, il chatouillait Marguite à la nuque. Marguite s'y laissait prendre. Du revers de la main, elle se donnait des coups secs comme pour chasser une mouche. José, matois, retenait son souffle, attendait, puis repiquait.

« Taisez-vous donc, José.

– Ah ! ah ! Marguite. »

Et tous les deux trouvaient à cette taquinerie une surprise toujours fraîche et un plaisir toujours neuf, qui suffisaient à rompre la monotonie de la veillée.

15/76

Toute la soirée, on ne se parlait pas autrement d'amour.

Les domestiques avaient disparu.

Le grand-père était couché. Les bourgeois se dévêtaient, nullement gênés. Marguite jetait des cendres sur le feu, faisait encore quelques rangements, allumait une lanterne et reconduisait José sur le seuil de la porte.

IV

Dans la nuit glaciale, le vent les cinglait. La jupe de Marguite flottait et battait l'air dans un mouvement vif et rapide, avec un bruit roulant pareil au clapotis d'une barque.

La lueur de la lanterne, une petite lueur étique, se mettait en furie. Ils se parlaient bas, par phrases espacées, longues comme des minutes, s'arrêtant court à un cri, à un battement d'ailes des dindes en sommeil, étagées en rond sur les roues, ou perchées sur des échelons comme des boules d'ombre.

Toute la quantité de sentiment dont était capable leur âme fermée aux influences mystérieuses des entours, entrait en eux, les pénétrait, les troublait.

Ils avaient comme des jets de paroles par où s'échappait leur amour, des exclamations grosses de lourdes tendresses, où sonnaient comme des pièces fausses un mot de cupidité, une idée d'intérêt, un rien d'avarice.

José, autant pour se vanter que pour séduire, citait de ses parents qui n'en avaient pas pour longtemps, un oncle pas marié, qui ne vivait plus qu'en apparence.

Marguite écoutait, point effarouchée, trouvant cela bien simple, calculait, supputait. Et les espoirs que José lui faisait partager ne lui mettaient pas moins de joie au cœur qu'une parole chaude, un geste ardent, une caresse quêteuse.

Elle oubliait aussi peu que possible de retenir, par ruse, pour voir plus loin et plus gros dans les promesses de José, ce qu'elle eût volontiers laissé prendre par bonne amitié. On s'aime, mais on a de l'argent. On se marie, mais on héritera.

« Allons, dites oui. »

Marguite hésitait.

« Je ne suis qu'une bête, mais je vous aime bien. »

Il ajouta :

« J'aurai le pré aux saules.

– Dame, dit Marguite, autant vous qu'un autre. »

José attrapa l'aveu flatteur :

« Aux bans, alors.

– Comme vous voudrez, moi je veux bien », dit Marguite. Et elle rentra.

Tout entière à ses impressions obscures, réfléchie, elle se sentait monter à la tête une sève forte qu'elle s'ignorait.

V

Ce dimanche matin, José la ramenait, coquette et gaie, de la messe. Il admirait son joli châle rouge, croisé sur le dos et la poitrine.

« Vous avez l'air toute sellée pour un voyage, Marguite. »

Elle se laissait enjôler, facile et bonne, aux compliments.

Subitement, José s'arrêta, embarrassé, puis se décida :

« Y a une chose, dit-il, je fais mes cinq ans. »

Elle le regarda, stupéfaite :

« Je ne vous l'avais pas dit, pour être plus sûr. »

Elle lui répondit simplement :

« Ça sera pour après. »

Elle n'était pas pressée. Elle ne doutait pas de sa promesse.

Ils se promenèrent un peu.

Un pâle soleil d'octobre faisait briller comme une immense ceinture neuve la route blanche à perte de vue.

Les paysans en vestons courts, sous leurs blouses raides et luisantes qu'ils avaient quittées pour communier, causaient, lisaient les affiches, parlaient politique, plantés au milieu de la route, les bras ballants dans l'air, les gestes larges, heureux, rasés de frais. Les paysannes, dans leurs corsages serrés et leurs jupes de couleurs voyantes, coiffées de bonnets extraordinairement hauts et légers, qui donnaient aux vieilles un air jeune, et aux jeunes un air de petites vieilles, s'éternisaient aux seuils des portes, à saluer, à regarder les passants, le soleil, toute l'animation bruyante d'un jour de fête, et se répétaient entre elles, des deux côtés de la route, avisées et criardes, les passages du prône bien parlés, en les commentant.

Marguite et José allaient doucement, chacun à ses pensées, Marguite le cœur un peu gros, non que la nouvelle l'eût bien affligée, tout le monde faisait ses cinq ans ; mais quand on n'est pas bien préparé ! Enfin, ça se passerait. C'était trop tôt. Encore si elle avait tenu le pré aux saules. Elle l'aurait fait valoir à sa guise. Quant à l'absence de José, ce n'était pas là le pénible. On se reverrait avec plus de plaisir, voilà tout.

Ils s'assirent juste à l'endroit où ils avaient fait connaissance, ce qui les toucha.

José rappela le goret, grand comme un petit âne, maintenant ; cela ne les fit point rire.

José prit Marguite par la taille, et lui dit :

« Tu m'attendras, pas vrai ! »

Elle répondit : « T'es bête. » Oh ! il pouvait être sûr. Le sentiment ne l'étouffait pas tant que ça. On se mariait pour travailler en commun. Elle avait promis, c'était dit.

Il l'embrassait goulûment, sans s'inquiéter des gens qui passaient.

Elle ne résistait pas, attristée et songeuse.

Au-dessus d'eux, dans l'air, ils ne savaient où, à toute volée, des cloches sonnaient.

« Et le déjeuner des bourgeois, dit Marguite, ce n'est pas une raison pour l'oublier. »

Elle se leva :

« Tu pars quand ?

– Je peux être appelé d'un jour à l'autre. »

José avait bien envie de pleurer :

« Voyons, t'es un homme ! »

Et ils se quittèrent.

Elle s'en revint, pressée. Les feuilles sèches volaient autour d'elle, sous ses pas, semblables à de gros papillons jaunes.

Elle se hâta ; elle se dit :

« Allons, faudrait pourtant pas toujours penser aux bêtises. »

Droit sur la route, José la regardait, son mouchoir à la main, prêt à agiter les bras si elle se retournait.

Elle ne se retourna pas.

Les cloches sonnaient toujours, moins vibrantes, coupes pleines de sons pour les âmes que l'extase altère.

La meule

I

Des bœufs se chauffaient au soleil, blancs, immobiles, et comme oubliés là, aux places dénudées, au milieu des pies éparses sous leurs mufles et dans leurs pattes. À l'un des coins du pré, une meule de paille, haute autant qu'une maison, qu'on n'avait pu entasser dans les granges trop pleines, avait l'air d'un gigantesque bouvier accroupi dans sa limousine.

Un ruisseau filait sous des treillis de joncs ; des rigoles claires y couraient, suivant la pente du pré, étroites lanières d'argent où tout un vol onduleux de pigeons s'émiettait au passage.

La fermière, Mame Husson, plongeait ses mains dans les poches de son tablier et leur jetait des grains à poignées. Elle avait une camisole légère aux manches courtes, entr'ouverte, qui laissait voir, par un bâillement, un bout de chemise, avec, entre les seins et le cou hâlé, un peu de peau grasse et blanche où luisaient les perles de métal d'un collier.

Elle affectait de s'intéresser aux cercles des pigeons, aux cornes des bœufs qui tournaient lentement la tête vers elle, à la fuite d'une pie, au bruit de l'eau, à l'herbe penchée et lourde de soleil, mais, sensiblement, avec des coups d'yeux obliques, elle s'approchait de la meule.

Quand elle fut au pied, elle regarda autour d'elle, du côté de la ferme, partout, la main en abat-jour sur les yeux.

Là-bas, la tourelle grise de la ferme montait du bois, comme un monumental sac de plâtre dressé, avec une petite couverture rouge en chapeau chinois, apercevable de plusieurs lieues à la ronde.

Aucun être humain n'était en vue. D'ailleurs, elle le savait bien, son mari ne reviendrait de la foire que tard, et, à cette heure du jour, tous les domestiques se trouvaient dispersés dans les champs : rien à craindre.

Elle arrondit ses deux mains en cornet autour de ses lèvres et cria :

« Hé, Bernot ! »

Presque aussitôt, comme d'une boîte à pantins dont on a pressé le ressort, une tête surgit au faîte de la meule, les cheveux en broussailles, mêlés de paille.

« C'est vous, Mélie ?

– Pardine ! »

La tête rentra.

Plus bas, à mi-hauteur, un large faisceau de paille se souleva comme une charnière. La tête reparut, Bernot déroula jusqu'à terre une échelle de corde grossièrement faite.

« Tenez-vous bien. »

Mame Husson coula encore un regard derrière elle, puis, des pieds, des mains, des genoux, elle grimpa, et disparut, la tête en avant.

Bernot tira l'échelle.

La paille retomba, docile, en couvercle ; ni vu ni connu.

Tout un petit appartement en ville, qu'ils s'étaient fait là, un vrai nid d'oiseaux qui n'ont pas le vertige, où vivotaient leurs amours, paisiblement, en attendant mieux, cois, saturés, à l'étouffée et sans risques. On entrait comme chez soi par le flanc, on respirait par le haut ; une trouvaille miraculeuse, tout simplement ; ni plus, ni moins qu'un palais.

« T'es tout de même adroit », dit Mame Husson, en s'installant : c'était sa réflexion d'entrée.

Elle commençait toujours par admirer : une façon heureuse de se mettre en goût.

Sans se lasser, Bernot faisait les honneurs. Il tournait, rampait sur la paille, à genoux, en maître. Il donnait amicalement des coups de coude à Mélie, puis à la meule, une brave amie aux rudes reins qui ne les trahirait pas.

Mame Husson appréciait les avantages, cherchait ses mots, se croyait en visite, examinait tout, un escalier pour de bon improvisé, la lucarne, les creux élargis, les coins obscurs pour s'y rouler.

Aucun bruit ne venait du dehors ; une lueur douce de veilleuse les éclairait. En levant la tête ils apercevaient un petit rond de ciel blanc comme du petit-lait. « Était-ce assez trouvé ! »

Et Bernot, ébouriffé, assis sur ses talons, ses mains frottant ses genoux, fermait presque ses petits yeux clignotants, modeste, attendant sa paye.

« Prends tes aises, Mélie.

– C'est égal, Bernot, si Husson le savait...

– Tu me fais rire. »

Et, par bravade, Bernot voulut se hisser au haut de la meule, pour se montrer, en disant :

« Je voudrais qu'il fût là. »

La tête émergea de la meule. Presque aussitôt un coup de vent lui apporta un roulement lointain de voiture. Il voulut l'effrayer.

« Bon sang, si c'était la sienne !

– C'est pas son heure », dit tranquillement Mame Husson ; et elle accrocha, à l'écart, loin d'elle, son collier de perles de métal qu'elle ne voulait point abîmer.

Bernot insista, taquin :

« Bon sang ! je crois qu'elle s'arrête. »

Mais Mame Husson le tirait par les pieds, lui prenait les deux joues avec le bout des doigts, l'embrassait à pincette, sur ses lèvres sucrées comme le cidre, et l'attirait, rouge, frémissante, dans un coin.

II

Husson bouclait son cheval à la barrière du pré. Derrière la voiture à capote baissée, un petit veau tout roux, grêle de jambes, tendait la langue, essoufflé, tirait sur sa longe à s'étrangler, en se cognant la tête aux rebords.

« Vous avez ben le temps de rentrer, docteur. Nous allons le mettre au vert. »

Le docteur auscultait sans cesse, quoique à peu près sourd. Il portait, comme signe particulier, une moustache, si longue qu'elle lui servait de brosse à dents.

Husson l'ayant rencontré dans un fossé, en quête de marguerites blanches, l'avait fait monter à son côté pour un bout de route.

« Ce n'est pas de refus. »

Le docteur descendit.

Husson détacha le petit veau et tous les trois entrèrent dans le pré. Husson ouvrait la marche, traînant le veau. Le docteur tournait autour d'eux, regardait le flanc gauche de la bête, penchait la tête, avec une vague envie d'y coller son oreille.

« Vous ne fumez pas, docteur ?

– Rarement, Husson.

– Si je vous la prêtais, pourtant ?

– Point, Husson, je ne fumerais pas.

– Vous auriez tort. Aïe donc, vali ! »

Le petit veau roux accéléra.

« Ah ! vous êtes méprisant pour ma pipe ; vous ne savez donc pas... ?

– Dites tout de même, Husson.

– Un jour que je l'allumais avec un tison rouge, une étincelle est tombée sur une de nos servantes qui tirait des pommes du feu. Ça a brûlé son bonnet et ses cheveux.

– Voyez-vous ça, dit le docteur, et elle est morte ?

– Mais non, docteur. Une autre fois, mon berger dormait sur le dos, couché par terre. Un peu de cendre chaude a coulé de la pipe sur son œil gauche qu'elle a crevé.

– Tiens, voyez-vous, dit le docteur, et il est mort ?

– Mais non, docteur. En voilà des idées d'enterrement pour le pauvre monde ! »

Le docteur trouva qu'on aurait pu anéantir cette pipe fatale.

Mais Husson la bourrait, tout à ce travail ; son pouce piétinait le tabac. La pipe, informe, presque sans tuyau, profonde, absorbait tout : Plus il y en a, meilleur c'est.

« J'la garde, dit-il, parce qu'elle ne fait pas de mal à son maître ; elle n'en veut qu'aux autres. Aïe donc, vali ! »

Le petit veau roux sauta comme une chèvre.

Ils marchaient toujours. Le docteur passait l'autre flanc du veau à une inspection sérieuse. Husson, les deux mains derrière le dos, déroulait au-dessus de sa tête de fragiles écharpes de fumée grise.

« Si on le lâchait ? »

Le petit veau lâché demeura immobile, fit un mouvement de la tête, la secoua, se sentit libre, eut une gambade et partit à toute vitesse, les pattes jointes deux à deux, ainsi qu'un veau mécanique.

Il décrivit un demi-cercle, puis soudain se planta droit, comme si son ressort se fût cassé net, le museau tendu, les jambes obliques, la queue raide.

« Ça te prend souvent ? cria Husson.

– Tiens, du feu », dit placidement le docteur.

Husson se retourna.

Tout le bas de la grande meule flambait.

Il courut : le docteur suivit. Le petit veau s'élança.

« Ça ne sera rien », dit le docteur.

Et, son chapeau mou aux mains, il trottait aux rigoles, pour l'emplir.

La flamme pétillait et montait.

Husson, les yeux agrandis, hébété, n'avait plus sa tête à lui, ne tentait rien pour éteindre.

Il pensa :

« Ma paille est frite. »

Le petit veau roux entourait furieusement la meule comme de cercles cabalistiques.

« Si vous m'aidiez ? » disait le docteur.

Il tirait des poignées de paille et les jetait au loin.

« Faisons la part du feu, ce sera peu de chose. »

En effet, ce fut l'affaire d'un instant.

La flamme faisait à la paille une belle crinoline rouge dentelée.

Tout à coup, comme sous une pesée énorme, toute la lourde meule s'effondra. Dans un nuage de fumée, d'étincelles et de brins de paille qui les enveloppa, Husson et le docteur crurent entendre un cri bizarre, étouffé, sorti de la meule ou de la terre.

« C'est vous, Husson ?

– C'est vous, docteur ?

– C'est donc le veau, alors ? »

Le petit veau roux s'était arrêté dans sa course folle et regardait, comme s'il n'eût eu plus rien à faire.

Rapidement toute la paille fut en feu. Les flammèches couraient à leur guise. Le docteur se rendit.

Il s'excusa :

« Des pompiers même seraient impuissants. »

Husson voyait fondre son bien. De grosses larmes lui coulaient des yeux.

« Ah ! elle va bien me manquer. »

Le docteur eut pitié.

« Si on essayait ? dit-il.

– Vous êtes bête, docteur ; il y a longtemps que c'est fini. »

Autour de la meule, la paille brûlée croulait comme des plis de jupe.

À l'intérieur sourdait un brasier ardent. La masse entière s'affaissait lentement.

« Ça durera toute la nuit », dit Husson.

Machinalement, du bout du pied, il secouait la cendre fine.

« C'est inconcevable », disait le docteur.

Il conclut :

« Le hasard est souvent outrecuidant. »

Non loin d'eux, le petit veau roux tondait l'herbe drue, à coups de dents avides.

III

Tout le soir, Husson resta là, en piquet. Le docteur le tirait par la blouse.

« Mais vous allez vous faire cuire.

– Laissez-moi, je veux voir jusqu'au bout. »

Le docteur s'assit sur l'herbe, en tailleur, navré. Pour passer le temps, il fit des signes intelligents au petit veau roux.

Des domestiques accouraient des environs.

Ils se rangeaient, mornes comme leur maître, autour de l'immense monceau, qu'ils piquaient avec leurs fourches de fer.

« Faut pas éparpiller les cendres, dit Husson, elles sont trop chaudes, elles brûleraient l'herbe d'à côté.

– La nuit tombe, dit le docteur, si nous nous en allions ? »

Mais Husson ne l'entendait pas. Il sortait de son abattement, raisonnait sur son malheur :

« Comment diable la meule a-t-elle pu crouler si vite ? j'aurais compris si elle avait été creuse.

– Bast ! dit le docteur, si on se pose des questions, on n'en finit plus ; tenez, moi, j'ai cru un moment sentir l'odeur de chair brûlée. »

Tous se récrièrent :

« Par exemple, cette idée-là ne prenait pas.

– Cependant... »

On lui rit au nez.

« M'est avis que c'était de la chair de taupe grillée.

– Et le feu, qui l'a mis ? »

Tiens, on n'avait pas songé à cela. Ils cherchaient :

« C'est la chaleur.

– C'est l'humidité.

– Je ne dis pas non. »

On s'en tint là.

Husson resta rêveur.

« Mon ami, est-ce que vous allez coucher ici ? »

Husson se décida. Il souleva ses sabots couverts de poudre noire. Quelque chose brilla à ses pieds. C'était un lingot de petites perles de métal fondues et collées ensemble.

Ils remontèrent le pré en l'examinant.

« Je le donnerai à ma femme, dit Husson. Elle sera moins chagrine pour la meule. »

Le docteur voulut rire.

« Prenez garde, les brimborions, ça attire quelquefois les galants. »

Avec des mots décolletés il égaya la compagnie.

Husson se déridait. Il avait des idées là-dessus, des idées pas communes :

« Les galants, ah ben ! je m'en moque. Une femme, voyez-vous, c'est pour tout le monde. Faut que chacun en aie sa part. Si je voyais rôder quéque beau gars autour de la mienne, j'y dirais : patience, l'ami, t'auras ton tour. Attends seulement que j'aie fini. »

Autour de lui les domestiques riaient. Le docteur lui tapa sur le ventre :

« Libertin, va !

– Dame, dit Husson, on est triste d'un côté, on rit de l'autre. Faut ben se consoler. »

Subitement, il se frappa le front :

« Attendez donc, mais oui, c'est ça. »

Il s'expliqua tout au long.

Oui, ma foi, il avait trouvé. Il se rappelait les détails, coup sur coup, pour renforcer ses raisons, oubliant presque son malheur, fier de lui.

Il redisait avec des preuves, longuement :

« Mais oui, parbleu. Tenez : j'étais comme ça : j'avais la cuisse tendue. Un coup sec. L'allumette m'a échappé. Je l'ai laissée, sans voir ; j'en ai pris une autre. »

Tous approuvaient :

« C'est vrai, c'est vrai.

– N'est-ce pas ? Sacrée pipe ! ça m'étonne qu'elle se soit tournée contre moi. »

Et Husson ne se lassait pas de répéter, au milieu de l'ébahissement général, les gestes explicatifs joints à la parole, perspicace :

« Tenez, j'étais comme ça, j'avais la cuisse tendue... »

Le retour

La soirée s'annonçait bien : un temps frais et clair. Toute la chaleur était tombée. Madame prit sa petite lanterne grillée : elle ne rentrerait que tard aujourd'hui, à la nuit, bien sûr.

C'était une mode, chez ces paisibles gens, de ne se désigner entre eux que par des mots courts et simples qui disaient tout, dus à la plaisanterie, au respect, le plus souvent au hasard.

Les vrais noms, devenus inutiles, restaient oubliés. Ceux qui les portaient n'y pensaient plus. On ne s'en servait guère que dans les grandes occasions, et les sons de ces mots réapparus les étonnaient alors comme s'ils leur semblaient étrangers.

Elle, on l'appelait Madame. Elle ne portait ni chapeau, ni robe excentrique. Mais elle avait, dans son langage moelleux et légèrement fleuri, quelque chose qui sentait la ville et les voyages.

On ignorait à peu près sa vie. Elle était tombée au village comme une nouvelle inattendue. Aux premiers jours, elle avait gêné, comme si chacun eût dû rétrécir sa vie pour qu'elle se fît la sienne et retrancher à ses habitudes pour qu'elle en prît sa part.

Puis, comme elle était cousine du fermier, on se fit vite à elle. Et, d'ailleurs, elle ne montrait dans sa bonté ou dans sa malice rien qui pût la faire remarquer, et elle n'avait vraiment que deux manies :

Celle de dire à tout propos : « Ah ! Attendez donc, ma fine ! qu'est-ce que je voulais donc dire pour ne pas mentir ? » et la douce manie des piles de linge blanc, méticuleusement rangées, comme des gâteaux à la neige.

Grosse, lourde, essoufflée, elle marchait en cane, le bas de sa robe bordé d'une bande de poussière grise dont chacun de ses pas soulevait un flocon, sans lunettes, sa petite lanterne grillée lui battant les flancs d'un mouvement rythmé.

Elle allait, pressée, et devait avoir bien peur de ne pas arriver assez tôt pour modifier d'autant son allure de tous les jours.

Elle passa, sans s'y arrêter comme d'habitude, devant la vieille église tranquille et penchée, dont le haut du portail représentait vaguement en relief un homme sans tête sur un cheval à trois pattes, l'une d'elles posant lourdement sur le corps d'un enfant tombé : une des deux ou trois antiques légendes qui planaient sur le pays comme des gardiennes de son histoire.

Le cheval d'un grand seigneur avait écrasé un enfant, et le seigneur, impie jusqu'à ce jour, avait fait tuer son cheval et bâtir l'église par mortification.

À voir cette pierre à peine dégrossie, crevassée, moussue, bourgeonnée comme une lèpre, il y avait bien longtemps de cela. Mais la vieille légende jetait toujours Madame dans une rêverie sans fond, et versait en son âme tendre, chaque fois qu'elle passait par là, sa petite dose d'émotion.

Les paysans qui rentraient des champs, les mains pleines de terre, les yeux mornes dans leurs visages brûlés, courbés sous les faux minces et les cognées, la saluaient, sans lever leur casquette ou leur chapeau gras, avec un hochement de tête et des clins d'yeux.

« Eh ben ! c'est pour ce soir ? »

Elle répondait :

« Oui ! c'est pour ce soir. »

Les femmes, assises sur le seuil des portes, lui souriaient sans rien dire.

Elle arrivait à la ferme, une ferme immense, entre une belle rivière et un monticule, composée de deux grands bâtiments. D'un côté les bêtes, de l'autre les gens.

Les couvertures en tuiles rouges semblaient, au soleil couchant qui les incendiait, d'énormes plaques de tôle sortant du four. Un ruisseau large, qui baignait le pied de la ferme, avait l'air de charrier des flots d'oies et de canards.

À l'approche de Madame, une volée de pigeons passa d'un toit à l'autre, et, comme elle les suivait des yeux, elle vit de l'autre côté, au haut du monticule, quelqu'un qui en descendait la pente avec précaution.

« Tiens, le vieux », dit Madame ; et elle le regarda.

Il avait une peau de chèvre, un bâton noueux. Il était nu-tête, tout blanc, chevelu et barbu comme un Homère, et descendait sans se presser les marches naturelles de la pente, incliné du côté droit, le bâton en avant ; la jambe gauche suivait, puis, lentement, la droite.

Quand il fut en bas, près de Madame, ils dirent ensemble :

« Hein, comme on se rencontre ! »

Ils allèrent vers la porte de la ferme.

On avait mis une petite barrière contre les poules qui volaient par-dessus.

Elles pénétraient tout autant, mais pas absolument comme chez elles et cela suffisait.

Ils entrèrent dans la salle commune.

Les domestiques venaient de souper. Ils virent encore sur la table en bois aux pieds gros comme des colonnes, énorme, trapue, crevassée, une terrine au milieu de laquelle se dressait en pointe un reste de soupe épaisse et tassée. Les cuillers d'étain s'étaient creusé, tout autour, chacune leur part, également, sans aller plus loin. Au fond, sur une planche accrochée aux solives, des pains ronds montraient leurs dos poudrés de farine et rayés de taches jaunes.

La servante disparaissait, penchée sur une marmite, dans une monumentale cheminée qui mangeait les deux tiers d'un mur. C'était sur le rehaussement en briques où posaient les chenets à têtes de sphinx que Madame s'asseyait, dédaigneuse de la chaise, les soirs qu'elle venait veiller, le dos au feu flambant, sa lanterne à côté d'elle.

La servante se retourna, les bras retroussés, toute rouge ; deux petites gouttes coulaient sur ses tempes.

« Ah ! c'est vous, dit-elle ; il n'est point arrivé ; j'fais mon fricot ; ils sont là. »

Et elle rentra dans la cheminée. Madame et le vieux poussèrent la porte de la salle voisine.

« Bonjour, vous ; je vous attendais pour mettre le couvert », dit la mère à Madame.

La mère courait, verbeuse, affairée, du buffet au placard, heureuse de parler tout à son aise, à mots rapides, coupés, suspendus, un langage fait pour elle-même, plein de demandes vagues et de réponses inachevées, qui la réjouissait, comme la musique amuse un enfant.

« Se taire ! ah ouiche ! est-ce qu'elle pouvait, elle en serait morte. »

Le père se promenait de long en large, les mains derrière le dos, court et silencieux, semblable à un marin avec ses lèvres et son menton rasés, et un large collier de barbe jaune qui lui faisait le tour du cou.

De temps en temps, il s'arrêtait à l'une des fenêtres, regardait un moment au loin ou suivait attentivement le vol d'une mouche qui s'obstinait à un carreau.

« Il ne vient pas vite. »

Sa barbe touchait presque au nœud de velours qui serrait les cheveux de sa sœur.

La sœur tricotait, assise près d'une table à ouvrage. Elle avait une figure blême sous des bandeaux noirs et lisses à paraître humides. Elle était toute maigre et desséchée, bien qu'elle n'eût eu d'autre fatigue dans son existence sans désirs que celle de tricoter des bas, tous les jours que le Bon Dieu faisait, et de toutes les couleurs.

Où pouvaient-ils bien aller, tous ces bas ?

Que de mollets avaient passé entre ses doigts chastes ! Elle parlait rarement, comme si elle eût éprouvé une insurmontable peine à séparer ses lèvres, point dépensière, même de gestes, bonne fille au fond, au jugement de tous, mais qu'on trouvait un peu inutile.

« Tirez donc, cousine.

– Voilà, m'amie. »

Et les deux femmes étalaient sur la table une belle nappe neuve, pas très fine, mais à fleurs.

« Ce pauvre grand ! nous allons donc le revoir.

– Savez-vous bien qu'il y a deux ans qu'il est parti. »

Le pauvre grand, c'était le garçon unique, le fils choyé, le dieu de la maison et le petit prodige du village. Il avait eu la jeunesse de tous les enfants que les éloges gratuits d'un maître d'école, la vanité des parents, une belle écriture, un teint pâle, une douceur de langage, une santé frêle, et beaucoup de penchant pour les paresses de la rêverie rendent un peu miraculeux. On l'avait mis au lycée avec une bourse. Il en était revenu, sujet distingué, rentrant dans son heureuse vie d'enfance, comme dans un rêve. Après s'être bien grisé d'air vif, de soleil et de fruits mûrs, il avait dit un jour à son père ce que les petits prodiges disent tous à leur père :

« Je veux aller à Paris. »

Le père l'avait entendu avec stupeur.

Le lendemain il lui avait dit :

« Si c'est ton idée ! »

Et le grand était parti, au milieu des larmes, généralement béni.

« L'inquiétude nous gagnait », dit la mère en nouant les cornes de la nappe pour les empêcher de traîner.

En effet, tout de suite, les lettres étaient devenues rares, puis elles furent courtes ; puis on ne reçut plus, à de longs intervalles, qu'un mot comme celui-ci :

« Ne vous tourmentez pas : tout va bien. »

Hautement, ils supposaient, cachée derrière ce silence, toute une vie pleine de luttes, que chacun lui découpait selon la mesure de son intelligence bornée, en se créant un Paris à sa portée.

Mais, au fond, tous étaient navrés ; le cœur gonflé de regrets comme pour un mort, on commençait à ne plus en parler qu'avec gêne, quand les domestiques rangés en rond s'occupaient à des ouvrages divers. On réservait les tristes réflexions pour les entretiens intimes.

Et voilà qu'il revenait tout à coup, comme ça, sans crier gare, s'annonçant par une dépêche que la servante avait apportée de la ville en affirmant qu'elle reconnaissait bien son écriture.

Madame n'en pouvait plus. Courbée, elle appuyait sur la table ses deux poings fermés :

« Mettons-nous la salière d'argent ?

– Pour une fois ! »

En ce moment, la sœur, qui promenait constamment les yeux de son bas à la grand'route, posa le bas commencé près d'elle, soigneusement, se leva droite, enfonça une aiguille à tricoter dans ses cheveux, un peu au-dessus de l'oreille, passa les doigts sur le poli de ses bandeaux, donna deux coups secs sur les bouts de laine qui collaient à sa jupe et dit d'une voix un peu tremblante :

« Le voilà ! »

On entendit le roulement d'une carriole.

Tous se précipitèrent dehors.

Le vieux qui se hâtait leur cria :

« Surtout, faut pas le brusquer. »

Ils étaient là sur le pas de la porte, le père et la mère devant, à droite et à gauche la cousine et le vieux dont la tête avait le branle des ruines qui croulent et des vieillards qui hésitent à mourir, la servante un peu en arrière, rangés comme dans une pose pour photographe, tous immobiles et muets de joie.

La carriole accourait, lourde et cahotée sur ses deux roues, secouant les deux voyageurs. Le cocher avait l'air d'une outre ou d'un ballon prêt à partir à cause du vent qui gonflait sa blouse.

Dans le trou noir des écuries, des domestiques avec des fourches se montraient, tendaient la tête. Des coqs se dressaient sur leurs ergots ; un bœuf attaché dans la grande cour regardait avec ses yeux ronds, et le berger, petit idiot trouvé et recueilli par la ferme, se mit à jouer sur son flûteau, sans savoir pourquoi, un air doux et mélancolique qu'il jouait sans cesse.

La carriole arrivait. Le cheval s'arrêta d'un coup, soufflant, les pattes velues.

Des mains se tendirent. Un jeune homme pâle, mince et long dans sa redingote boutonnée, descendit.

Il embrassa tout le monde à pleine joue, d'une façon sonore, mais sans s'y reprendre à deux fois ; chacun s'essuya la bouche.

Le père se tourna vers le cocher et dit :

« Mets-y de la paille sur le dos ; il a trop chaud. »

Puis il passa son bras sous celui de son fils et ils entrèrent.

Il lui dit :

« Te voilà donc ! not'grand. »

Et tous, les yeux mouillés, ne pouvaient que répéter :

« Te voilà donc, not'grand. »

Le vieux, pleurant, ajouta :

« Comme t'es forci ! »

Madame approuva :

« C'est vrai qu'il est amendé ! »

Le vieux reprit :

« Des bougies, hein ! ça mérite bien ça. »

Et il coupa deux grandes bougies en morceaux, qu'il alluma sur le bord de la fenêtre. On découvrit, enfoui au grenier, pour l'accrocher aux volets, un drapeau tricolore, vieux déjà de trois fêtes nationales.

Tout le monde riait. Le fils seul avait un sourire forcé et restait sans enthousiasme.

Comme la mère lui criait cent paroles, à tort et à travers, les autres tremblaient qu'elle n'en vînt à lui parler trop tôt de là-bas.

Ils lui murmuraient :

« Chut ! chut ! » en agitant les mains.

Elle se tut, mais ses lèvres frémissaient pour une série de questions.

On se mit à table.

Avec les plats, défilèrent aussitôt les histoires du pays. Chacun s'était réservé son petit événement, dont il avait mainte fois repassé le récit dans sa tête, et ils contaient cela minutieusement, comme des choses du plus grand intérêt.

Lui écoutait en mangeant, et faisait du regard le tour de la salle ; ses yeux retournaient obstinément à des détails qu'il n'avait jamais oubliés : une assiette à fleurs fixée au mur avec trois clous, un vieux dessin encadré dans des baguettes de bois blanc. Il les y avait vus de tout temps. Les maîtres pouvaient changer, ils resteraient éternellement à la même place.

Au milieu du repas, le père dit brusquement :

« Eh ben ! grand, ça a-t-il marché là-bas ? »

Ce fut un coup. Tous restèrent interdits, dans les poses où la question les avait surpris, un verre en main, la bouche pleine, une fourchette droite, la respiration arrêtée.

Il ne répondit pas. Un silence pesait.

Le père attendit et reprit d'une voix basse :

« Alors, ça n'a pas marché ? »

Le fils se décida à répondre, des phrases vagues, des mots sourds, honteux de l'aveu. D'abord il se déroba, puis il dit tout.

Ils l'écoutaient, le visage tendu, cherchant à comprendre, devenant tristes, à mesure que les illusions tombaient, et qu'il était plus clair qu'on avait trop espéré, trop rêvé pour lui, n'interrompant les paroles confuses du fils que par des oh ! des ah ! des exclamations brèves aussi vite rentrées qu'échappées.

Il termina :

« Non, ça n'a pas marché ; je suis las, je ne sais plus que faire. »

Le père dit sourdement :

« N'y retourne pas ; il est peut-être encore temps de changer de route. »

Le fils eut un soubresaut.

« C'était ainsi qu'on saisissait une occasion pour le retenir ! »

Il s'indigna :

« Après tout, il n'était pas forcé d'expliquer doucement les choses. »

Une rage le prit.

Il déclara :

« Je ne regrette rien. »

Il ajouta sèchement :

« Je suis étonné qu'on n'ait pas attendu pour me parler de tout cela. »

Il jeta sa serviette sur sa chaise et sortit.

Le père, navré, cherchait une phrase pour corriger sa remarque fâcheuse.

Il se trouvait maladroit, se grattait les dents du bout des doigts et réfléchissait profondément sans trouver d'issue.

Tous restèrent longtemps silencieux, n'osant se regarder, comme s'ils avaient commis une faute. Ils froissaient leurs serviettes de linge neuf entre leurs mains, désolés.

Un désastre ne les eût pas consternés davantage.

Le vieux pensa tout haut :

« C'est peut-être bien vrai qu'on aurait pu attendre encore. »

On voulut le rappeler.

La mère courut à la croisée, où les bougies achevaient de s'éteindre agitées par le vent comme de petites feuilles rouges et cria dans la nuit :

« Eh ! eh ! grand ! grand ! »

Le fils sentait tourbillonner dans sa tête des idées mauvaises. La volonté bien malade, il marchait dans la nuit fraîche, nullement assailli de souvenirs champêtres comme un héros du repentir.

« Le cœur, bah ! quelle sottise !

– La campagne, une chose fade et usée, bonne de loin ; on n'y retrempe que son ennui. »

Tout cela lui était bien indifférent. Il n'avait pas une émotion pour toute cette nature qui l'environnait âcre et saine. Il marcha longtemps, absorbé. Il murmurait :

« Quel pauvre je suis ! »

Comme il se retournait, un point lumineux brilla devant lui, tout près du sol, où il semblait courir par petits bonds.

Madame rentrait chez elle, dépitée. Elle avait espéré mieux. « Le dîner était soigné, c'est vrai. » Il s'enfonça dans un coin d'ombre pour n'avoir pas à lui parler. Elle levait de temps en temps sa lanterne à la hauteur de sa tête, pour mieux voir, quand une ombre glissait près d'elle, ou qu'elle entendait un bruit.

Elle marchait plus lentement qu'à l'ordinaire, comme chargée du poids d'une déception.

Il la laissa s'éloigner à petits pas, et revint à la ferme, à peine distrait par la lune, autrefois sa confidente amie, qu'il regardait cette nuit sans la voir, comme une pauvre lune à demi cachée derrière un nuage, une triste lune blanche, toute pareille à la moitié d'une grosse pastille de menthe, la dernière de la boîte.

À la belle étoile

I

Tout à coup des voix chantèrent : une voix aiguë et une voix basse. C'était un chant indistinct, coupé, haché menu comme le chant d'un ivrogne. Deux hommes parurent à l'une des extrémités du petit pont.

L'un d'eux, le moins ivre, débraillé, la blouse rabattue sur les épaules et laissant voir sa chemise de toile, soutenait l'autre et se roidissait pour éviter une chute commune.

Ils s'arrêtèrent sur le pont, à regarder d'un œil trouble l'eau qui leur envoyait en plein visage ses bouffées fraîches, et de nouveau leurs voix s'élevèrent avec un bruit de ferraille remuée.

Ils riaient à la rivière si douce qui les caressait, bonnement, de ses souffles humides.

Mais vrai, elle venait bien tard : le vin était tout bu.

Derrière eux le soleil tombait, un soleil d'un rouge terne, dont les rayons se brisaient en gerbe sur un nuage pendu à l'horizon comme un haillon éclatant.

La lumière s'amollissait, et, tamisée par les feuilles et les branches déchiquetées, ne jonchait plus le sol que de vagues fleurs de clair et d'ombre.

Les arbres se revêtaient déjà de formes nocturnes, dont la plus simple était celle d'un oiseau énorme balançant ses larges ailes sans jamais se décider à prendre son vol.

Dans la solitude, les plus petits détails prenaient de l'importance.

Après un long moment de lourdeur, où une petite fleur eût paru pesante, il s'était fait une subite animation comme au coucher d'un roi.

Les oiseaux rentraient, comme des fusées, dépareillés, s'appelaient par des cris divers et prenaient sur une branche, sous une feuille, des poses commodes pour la nuit, avec des chants vifs et des roucoulements sourds.

Dans l'air moite, empli de morbidesse, de soudaines et fortes haleines passaient comme si le vent eût donné une fois pour toutes tout ce qui lui restait de souffle.

L'eau s'illuminait de feux intérieurs. Un monde de nuit s'y éveillait, et les deux ivrognes, pris d'une émotion niaise, regardaient s'étendre comme des robes de fantômes, les brumes blanches épandues, vapeurs d'une immense étuve.

Ce soir-là, le curé du village, rasé de frais, nu-tête, chauve et ventru, sous une ombrelle blanche bordée de bleu, avait sonné à la porte du château, dans la certitude, que n'avaient jusque-là jamais trompée ces dames, d'y rester à dîner,

La servante qui lui ouvrit lui jeta en pleine face :

« Cette fois, elles n'y sont pas, monsieur le curé. »

Le curé flaira une plaisanterie.

« Point, dit-il vivement, je ne le crois pas.

– Croyez-le », dit la servante.

Il demeura atterré, fixa sur son nez ses lunettes fumées, regarda la servante, lui vit un sourire malin, ne dit rien et partit.

Où allait-il dîner maintenant ? Ce n'était pas son jour au moulin : ce n'était son jour nulle part.

Il marchait sur la route, absorbé, sans répondre aux saluts, laissant pendre son ombrelle ouverte, à fond jaune, qui lui tapait sur les jambes, vraiment frappé de stupeur en face de cette chose inattendue.

Il ne se demandait pas où pouvaient bien être ces dames. Cela seulement occupait fixement son esprit :

« Un dîner perdu ! pas de dîner ce soir ! »

Il alla longtemps, la tête basse, et quand il leva les yeux, il se vit au milieu de deux rangées d'arbres si grands qu'ils lui cachaient le soleil et formaient au-dessus de sa tête comme un dôme vert, çà et là, percé à jour.

La fatale nouvelle l'avait entraîné par trop loin : puisqu'il ne devait pas dîner, mieux valait aller se coucher et dormir. Il voulut revenir sur ses pas ; mais au lieu d'un demi-tour, il fit un tour entier, d'une manière vive et pressée :

Son ennemi mortel le suivait à quelque distance. Affolé, il marcha à grandes enjambées.

Mais l'autre gagnait visiblement sur lui. Moitié paysan, moitié bourgeois, il avait une blouse, un visage anguleux, un petit chapeau à bords courts, presque une casquette, et à la main, un bâton noueux dont l'un des bouts était traversé par un cordon de cuir.

Il se hâtait et donnait à son bâton un mouvement de virevolte rapide. Il mit sa large main sur l'épaule du curé.

« Où donc que vous allez comme ça, monsieur le curé ?

– Monsieur Moru, je vais chercher à dîner, dit le curé d'une voix morte.

– Ah ! elle est bonne ; mais c'est pas de ce côté-là. Vous vous êtes trompé de route, ben sûr. V'là ce que c'est que d'avoir le nez sur son bréviaire. C'est votre jour au château, ce soir, c'est-il pas vrai ?

– C'est vrai », dit le curé qui se crut quitte et voulut lui tourner le dos.

Moru lui serra l'épaule.

« Eh ben, eh ben, c'est comme ça qu'on quitte les amis ?

– Mon ami, dit le curé d'une voix moins molle, il se fait tard. »

Et il fit un mouvement en arrière. Mais la main serra davantage, et la figure de Moru, jusque-là patelin, devint furieuse.

« Ah ! tu crois, bedon, que j'vas te lâcher, maintenant que j'te tiens ! Dieu de Dieu, j'voudrais ben que ma fille fût là. »

Le curé comprenait depuis longtemps. La fille du père Moru était, comme son père, entre deux classes, moitié bourgeoise, moitié paysanne.

Moru l'avait, toute jeune, retirée du couvent pour la mettre dans une pension libre, et le dimanche qui suivit son départ, le curé, tout nouvellement arrivé au village, ignorant les colères du père Moru, tonna en pleine chaire contre la fille et le père, « ces gens frappés d'immodestie », cria-t-il.

« Ah ! j'te tiens donc. Dieu me pardonne. Y avait longtemps que j'l'attendais celle-là ! »

Le curé regarda machinalement le bâton noueux.

Mais, soudain, la face bouleversée du père Moru s'adoucit, et il se mit à rire.

« J'vous ai fait peur, hein, pas vrai, monsieur le curé ? Eh ben, tenez, j'suis pas si méchant que vous, car c'est pas pour dire, mais c'est pas bien, ce que vous avez fait là. Mais faut pas rendre le mal pour le mal. Les dames du château ne sont point chez elles ; vous l'savez ben et moi aussi. Venez dîner avec moi et n'en parlons plus ; ça y est-il ? »

Le curé, stupéfait, n'en revenait pas de tous ces événements divers. Il balbutia, hocha la tête, soupçonneux, ne pouvant croire que les choses prenaient une telle tournure, dit oui, dit non, puis, autant par crainte que par envie, accepta.

Le père Moru dit :

« C'est en ville que je vous emmène ; nous sommes plus près de la paroisse de votre confrère de G*** que de la vôtre. Allons à son auberge ; nous reviendrons par les prés. »

Et ils partirent au pas, le père Moru parlant de ses affaires qui allaient bien et le curé rasséréné et reprenant d'autant mieux son courage et son humeur bénigne que la faim grandissait et que l'auberge approchait.

Quand ils furent arrivés, le père Moru commanda du simple, mais du bon, et il parla à l'oreille de l'aubergiste qui ouvrit grandement la bouche et les yeux et sourit d'intelligence.

Le père Moru était d'une brave gaieté, et le curé, encore un peu défiant, s'y mettait tout de même.

« Moi, voyez-vous, disait le père Moru, quand j'en veux, j'en veux ; mais quand c'est fini, c'est fini ; plus de bouderie ; tope-là et allons-y ! et il secouait les mains du curé.

– Ça, c'est bien », dit simplement le curé. Et il se sentait tout à fait rassuré, le nez chatouillé par d'agréables odeurs.

On mangea comme des affamés. Ils se gonflèrent à se déboutonner. Le père Moru assaisonnait le tout d'histoires salées et le curé se renversait sur sa chaise en arrière, en fermant les paupières, suffocant, rouge, gavé, vidant à larges traits son verre qu'il trouvait toujours plein, au milieu des rires de l'aubergiste et du garçon et des gloussements des poules de la basse-cour qui se promenaient sans gêne jusque sous la table.

« Voyez-vous ce vieux soufflé qui a braillé contre moi ! »

Et le curé riait plus fort, se trouvait mal, avouait qu'on était bête par moments, et qu'au bout du compte, tout le monde était libre.

Aux liqueurs, on se tutoya. Au tabac, ils s'embrassèrent.

« Ça y est », dit tout à coup le père Moru, qui voyait les yeux du curé pleurer de petites larmes hésitantes.

Avec de longs efforts il se leva et le fit lever.

« Va donc, tonneau ! » dit-il, en le poussant dehors par les deux épaules. Le curé s'appuyait au mur, disant :

« Mon ami, c'est trop, je crois que c'est trop, vois-tu ; assez pour une fois, mon ami. »

Moru lui passa son bras sous le sien, moins pour l'aider que pour se soutenir, et ils s'entraînèrent, mouillés et chancelants.

Moru criait :

« Hue ! hue donc, Benoît. »

Le curé répétait :

« Mon ami, c'est trop, nous nous dégradons comme des gens de peu. Que diront... que dira... mon ami... mon... a...mi... »

III

Ils étaient tous les deux au milieu du petit pont, appuyés sur la barre de bois transversale qu'on y avait attachée avec de l'osier pour les piétons, heureux et partageant leur bonheur en frères.

« On n'est pas trop mal, disait Moru.

– Certes, Moru, je n'en pouvais plus de chaleur », disait le curé.

Soudain, trop saisi par le froid, il tomba comme un paquet mou ; Moru eut à peine le temps de l'empêcher de couler à l'eau, en se retenant à la barre de bois.

Il le regarda, hébété, un peu dégrisé, ne sachant que faire, embarrassé de cette masse qu'il faudrait porter tout entière maintenant.

« Eh ! Benoît, réveille-té donc. V'là que tu dors, à c't'heure. »

Benoît ne bougeait pas et ne répondait que par un petit hoquet, réjoui d'être couché au frais.

Moru, indécis, se grattait les cheveux, trouvait qu'après tout on était bien là, étendu, disposé à en faire autant ; puis il roulait ses yeux autour de lui.

La rivière, d'abord étroite, rapide, se brisait contre les pelles du pont fragile et tremblant, tombait en une cascatelle, rejaillissait sur un lit de bois et se mêlait à l'eau presque dormante d'un petit bassin dont elle sortait en une queue démesurée.

Autour du bassin, des saules baignaient leurs bras minuscules.

Au pied du pont, tirant faiblement sur sa chaîne simplement bouclée, dans un tournant, un petit bachot dansait mollement et plongeait avec un mouvement de va et vient.

Moru le regarda longuement en se dandinant, étonné de le voir là, tout seul, comme une carcasse de gros poisson émergée.

Puis une idée lui vint, une bizarre idée d'ivrogne qui a gardé juste assez de lucidité pour une farce.

Il se baissa vers Benoît et cria :

« Benoît ! »

Benoît dormait, allongé, les mains jointes sur le ventre, la bouche

46/76

ouverte, la face illuminée de rêves béats.

Moru le prit par les deux pieds et le fit glisser le plus délicatement possible sur l'espèce de terrasse en pierres brutes et moussues qui servait de soubassement au pont.

Puis il alla au bachot, le détacha et l'amena près de Benoît. Il le vida du peu d'eau de pluie qu'il contenait et abaissant jusqu'à lui les branches d'arbres qui pendaient sur sa tête, il en arracha des feuilles, le plus de feuilles qu'il put, et les étendit avec soin au fond du bachot en une couche moelleuse.

Il riait en dedans, d'un rire silencieux, se disant parfois :

« Mâtin qu'il sera bien là ! mâtin de veinard ! »

Quand le bachot fut assez ouaté, il revint à Benoît et se mit à le déshabiller.

Benoît ronflait et Moru qui se dégrisait de plus en plus à l'air vif, bien sûr que l'ami ne se réveillerait pas, chanta, histoire de l'accompagner, un chant bas, monotone et lent, mêlé aux bruits de l'air comme si tout se fût uni pour endormir l'ivrogne, un vrai chant d'Indienne qui berce son petit.

Il plia avec soin la soutane, le pantalon qu'il enleva sans trop de peine. Ce fut plus difficile pour la chemise. Benoît parut de temps en temps secoué d'un petit frisson.

Il murmura même :

« Vieille chérie, tu me fais des chatouilles ! »

Mais Moru, subitement ému par le silence, par la sollicitude qu'il mettait à dévêtir le curé, par l'air langoureux qu'il chantait, l'embrassa comme un enfant, tendrement, les lèvres longuement collées sur le front, sur la bouche, le dorlota et l'amollit de caresses comme pour l'envelopper d'un sommeil profond.

Quand il l'eut mis à nu, il le porta au fond du bachot, le couvrit d'herbe fine, jusqu'au cou, comme d'un drap vert, puis, gardant avec lui les habits, il poussa du pied le bachot qui s'en alla à la dérive.

Alors, il réveilla tous les échos de son rire, d'un rire large, cette fois, qui l'agitait dans tous ses membres et le faisait danser comme une pile.

Le bachot, hésitant, tourna sur lui-même, entra dans un tourbillon qu'il coupa et se laissa prendre par le courant comme par un bras flexible.

Moru le suivait, frappant des mains et du pied.

« Où diable irait-il ?

– Quelle farce ! tu ne t'en vanteras pas de celle-là ! hein ! »

Il lui cria :

« Bon voyage. »

Il lui hurla :

« Bonne nuit ; tu leur-z-y diras bien des choses. »

Puis, il jeta sur son épaule les vêtements du curé Benoît, roulés en ballot au bout de l'ombrelle blanche et il s'en alla à travers la campagne, sous les grands arbres, riant et chantant d'une voix forte.

Le bachot, loin des deux rives, descendait sans bruit, frêle, avec de légères oscillations.

Il suivait le fil de la rivière, sur les herbes d'eau douce qui pliaient, pareilles à des chevelures de noyés, comme on se courbe au passage d'une reine ou d'un convoi, et la lune levée haute dans le ciel, au milieu d'un cortège d'étoiles, le baignait d'une lumière blonde et le regardait glisser d'un air pâle.

Une passionnette

I

Tous les rires, tous les cris tombèrent d'un coup, et les gens de la noce prirent des maintiens étudiés comme des paysans fraîchement descendus d'un tableau de Lherrnitte.

Mme la comtesse venait d'entrer ; elle avait une toilette habilement composée, assez riche pour honorer, assez simple pour ne pas effaroucher, et dans sa taille, dans son regard, encore un peu de noblesse, mais si peu, que vraiment ces braves gens ne s'en offenseraient pas.

Elle s'avança dans la salle chaude d'émanations. Elle tenait par la main une petite fille qui ouvrait de grands yeux sans timidité.

Les paysans s'étaient levés. Le marié accourut ; d'un revers de main, il s'essuya la bouche et fit un compliment flatteur, mais point servile. Il présenta sa femme, une grosse veuve gênée dans son corsage. Son fils, petit garçon tout rouge et tout rond, se collait à elle, les yeux fixés sur la petite fille.

« Jac a douze ans », dit-elle.

Mme la comtesse dit :

« C'est comme Marthe. »

Le marié fut fier de la coïncidence.

Il fit défiler tous ses parents, qu'il nommait en faisant sonner les prénoms plus fortement que les noms dont il n'était pas sûr. Chacun d'eux, à sa présentation, avait un hochement de tête embarrassé, ébauchait un sourire contraint. Ils reprenaient lentement leur aplomb, comme des mannequins ébranlés par des boules. Mme la comtesse trouvait pour tous une phrase mesurée.

Le marié offrit quelque chose. Elle accepta une bouchée de brioche dans un rien de vin rouge. Elle suçait du bout des lèvres, en se cabrant, les doigts écartés, avec de délicates précautions. Les paysans la regardaient, silencieux, émerveillés, les coudes sur la table, les yeux humides, le visage coloré, vermeil. L'un d'eux, qui s'était oublié à parler bas, s'arrêta net, inquiet, comme s'il venait de faire un mauvais coup.

Cependant Marthe observait Jac. Tout son petit corps avait un mouvement de recul. Jac s'approchait de plus en plus. Sa crainte se dissipait. Il la toucha du bout des doigts, légèrement, de peur de la faner, elle et sa robe rose.

Il n'avait jamais vu de petite fille aussi raide et aussi bien mise, avec une telle blancheur et des cheveux bouclés de la sorte. Il tournait autour d'elle, muet, attentif, car, sans doute, elle allait parler. Marthe faisait retraite vers sa mère, grave, sans le quitter des yeux.

Mme la comtesse avait posé son verre sur la table et effleuré ses lèvres du coin d'un mouchoir fin comme un flocon de neige. Dans l'air pesant et chargé, elle se sentait un peu mal à l'aise.

Elle dit à Jac :

« Veux-tu venir jouer au château ? »

Jac ne répondit pas.

Embrassé, choyé, dorloté, bourré tout le jour, ébloui par la vision de Marthe, il allait de merveilles en merveilles. Le bonheur devenait accablant.

Mme la comtesse dit à la mère :

« Je l'emmène. »

La veuve répondit :

« C'est bien de l'honneur à nous. »

La comtesse se leva, salua tout le monde avec une grâce modérée, et sortit en disant :

« Je veux être marraine. »

La veuve pensa que le moment était venu de rougir et le marié de se redresser.

Marthe, à gauche de Mme la comtesse, gardait une indifférence de bon goût, et Jac, à droite, une seule main dans la poche, se demandait comment il allait bien s'y prendre pour jouer avec cette singulière petite fille, qui s'obstinait à se taire.

Derrière eux, dans la salle longue, aux coins emplis de meubles

empilés, au-dessus de la table où les verres sonnaient, où les
serviettes de toile s'agitaient, au-dessus des têtes en feu, secouées et
somnolentes, de nouveau, vers le plafond, avec la fumée des pipes
et les âcres odeurs, des voix montaient et de larges éclats de rire.

Jac entra dans la grande allée du château avec recueillement. Des statues de pierre le regardaient passer, nues ou largement drapées, et se le montraient l'une à l'autre avec un doigt cassé. Sous l'immense voûte, le son de ses pas lui parut démesuré. Quand un valet rigide ouvrit les portes d'une salle, que les places et le parquet luisant multipliaient avec régularité, il eut une impression de froid.

Vraiment, on ne devait pas crier ici comme ailleurs. On y courait autrement, avec le moins de bruit possible, et tout semblait mystérieux.

« Vous pouvez jouer », dit Marthe.

Et elle lui montra des jouets compliqués, finement peints, des jouets merveilleux, qui n'étaient pas cassés.

« Et vous ? dit Jac.

– Oh ! moi, je suis trop grande. C'était pour quand j'étais petite fille, il y a longtemps. »

Elle disait cela sérieusement, le teint pâle, avec, dans tout son corps fluet, quelque chose de grêle et de souffrant.

Jac avait bien envie de s'en aller.

On lui apprit que désormais il resterait au château et qu'il serait le camarade de Marthe.

On lui donna un costume de velours et une chambrette mignonnement arrangée, d'où il pouvait voir en se penchant le balcon de Marthe, et plus bas, presque au pied des tours, la rivière blanche couler dans les prés. Il eut la liberté d'aller partout, à condition de ne pas quitter Marthe. Il devint un petit esclave, soumis à toutes ses fantaisies de despote débile, d'abord avec ennui ; mais, par degrés, il se fit à la monotonie qu'on s'imposait, au silence peu troublé. Il finit par aimer, un peu par vanité, ce château solitaire qui l'effrayait. Le parc, surtout, l'éblouit. Il avait des gazons menus et moelleux pour ses repos ; il avait des allées réglées pour faciliter ses courses, des perspectives infinies pour les brouiller, et de grands lacs où des sapins se contemplaient éternellement. Ses impressions jeunes s'ouvraient comme des yeux pour tout voir, pour tout guetter. Il sentait en lui l'éveil d'une petite âme trop sensible.

Quand, autrefois, sa mère passait avec lui près du château, le long du mur environnant, elle lui en parlait complaisamment, comme d'un monde merveilleux, qu'il s'efforçait de se figurer avec de riches images, en y mêlant volontiers des apparitions de fées puissantes et maternelles.

Maintenant, il y vivait, à l'aise, sûr de n'en pas sortir, un peu vain, quand il traversait le village, côte à côte avec Marthe, propre comme une pièce neuve, droit, regardé, envié.

Les jours de promenade étaient ses plus beaux jours, l'enivraient de petits triomphes, le haussaient au milieu d'un tas de petits bonshommes en mauvaise humeur.

Il devait toutes ces joies à Marthe, et l'adorait.

Mais Marthe avait pour toute chose et pour lui une indifférence d'enfant débile et maladive. Comme une châtelaine en miniature, héréditaire de goûts affinés et d'une morbidesse dolente, mince et blanche, elle avait une façon qui navrait Jac de n'y point prendre garde et de le tenir à distance.

Petite fille silencieuse, elle revenait de loin, et elle en savait long. Jac en pleurait. Sa sensibilité s'aiguisait. Il devenait irritable, accessible aux impressions les plus fugitives. Un rien le froissait.

Au moment où tous ses efforts d'enfant désireux de plaire allaient égayer Marthe, quand il se trouvait bien là, certain que les fleurs sentaient bon, que tout croissait, que tout chantait pour lui comme pour elle, quand il se croyait pour moitié dans ses joies, dans sa vie, entré plus avant dans son affection, tout près d'une intimité de petit frère d'élection, avec le regard qu'on a pour un joujou de passage, avec un mot blessant, une comparaison moqueuse, une attitude hautaine, Marthe le rejetait loin d'elle, nonchalante souveraine en robe courte.

C'étaient là pour Jac des chutes où il se faisait mal. Il se relevait les yeux remplis de pleurs, sans se plaindre, et suivant à travers ses larmes comme une part volée qu'on ne lui rendrait pas.

Et d'autant moins que Marthe, chétive et languissante, peut-être amusée à la torture d'un être plus fort qu'elle, ménageait ses boutades et ses saillies d'humeur, Jac multipliait autour d'elle ses soins étudiés, resserrait ses prévenances, l'entourait d'attentions où il mettait sans compter tout ce qu'il avait de délicatesse et d'envie d'être un peu plus aimé.

Marthe, par oubli, se laissait envelopper de ce culte enfantin. Puis le dédain perçait, et elle avait le caprice de casser le feuillage épais d'où coulait sur elle la fraîcheur et l'ombre pour voir un peu plus loin.

La comtesse, nostalgique et ennuyée, ne s'apercevait pas de ces choses frivoles. Jac souffrait ; elle ne vit rien.

Un matin, brusquement, Marthe joyeuse dit à Jac que le château était vendu, qu'elle allait partir vers un pays plus ensoleillé, et qu'ils allaient se quitter.

Il entendit sans bien comprendre, bouleversé.

« Ah ! vous partez.

– Oui, dit-elle, nullement émue, prête à railler Jac pour sa figure, qu'elle trouvait drôle.

– C'est pour longtemps ?

– Certainement, puisque le château est vendu. Maman dit que nous ne reviendrons jamais. Ta mère va venir te reprendre tout à fait. »

Il n'avait plus rien à entendre. C'était fini. Il ne pouvait pas se dire que cela s'arrangerait, qu'il y avait peut-être un moyen.

Cette petite grande personne lui avait appris son départ certain, tranquillement, comme une nouvelle simple. C'était bien pour jamais. Il retournait ce mot avec entêtement pour y trouver une échappée, une issue, pour en sortir. Il s'en alla, tout pâle. Tout ce qu'un enfant peut avoir de révolte se soulevait en lui. Il sortit du château, descendit le village, inconscient. Sa mère habitait tout au bas. Il s'arrêta devant la porte et la trouva fermée. Sa mère n'y était pas.

C'était une de ces vieilles maisons comme on en voit encore, bâties comme à coups de hache, avec de grandes portes lourdes de clous, des fenêtres à barreaux, solitaires prisons à peine dégrossies en maisons bourgeoises.

Sur la route, dans un large rayon de soleil, Jac pleurait, secoué de sanglots, s'arrêtant parfois, comme s'il oubliait son chagrin, ses poings humides frottés contre ses yeux.

Deux femmes jeunes et gaies, en toilettes claires, avec des ombrelles blanches, s'arrêtaient devant lui.

« Tu pleures, mon petit ?

– Tu boudes, mon ami ? »

Jac ne dit rien.

« Voyons, pourquoi pleures-tu ?

– Oh ! le vilain, qui pleure et qui ne sait pas pourquoi ! »

Et les deux femmes, donnant chacune une petite tape sur la joue de l'enfant, s'éloignèrent, redevenues subitement joyeuses, trouvant le soleil trop beau pour s'attarder à une douleur.

Jac suivait du regard les deux belles dames, si peu secourables, qui s'en allaient lentement.

Elles montaient une route pittoresque, se signaient devant une vieille croix penchée, pareilles à toutes celles qu'on plante aux extrémités d'un village, et se dirigeaient vers un bois qu'on apercevait dans le lointain comme une grande tache noire.

L'œil de Jac restait fixé sur elles avec d'autant moins de larmes qu'elles s'éloignaient plus. Insensiblement, leurs ombrelles se rapprochaient, se touchaient, mêlaient leurs bords, et Jac les vit bientôt se confondre. Il lui sembla qu'un immense champignon blanc marchait au loin sur un grand pied noir.

Cela fit diversion à sa douleur, et il se mit à rire.

Il s'éloigna de la maison, arriva à la rivière et la remonta. Elle était séparée du château par une grande étendue de pelouse plantée de pins.

Quand il fut au pied des tours, il leva la tête et regarda longuement la fenêtre.

Sa croisée était ouverte, et le vent tirait un coin du rideau blanc, comme un mouchoir d'une large poche.

En ce moment, la fenêtre de Marthe s'ouvrit. Et au-dessus d'un pot d'œillets rouges, entre les clématites flexibles qui l'encadraient, sa tête apparut, fine et blanche, comme une fleur pâle qui viendrait se mettre à l'air.

Jac lui souriait.

Elle le regarda, surprise.

« Je vais me baigner », dit-il.

Marthe répondit :

« Tu sais que maman te l'a défendu.

– Elle ne me grondera pas, dit Jac, et cela vous amusera. »

Marthe resta, retenue par la curiosité éveillée d'une petite fille qui, plus d'une fois, avait surpris un bout de conversation entre des domestiques, une phrase obscure pour elle, un mot étrange.

Jac ôta sa veste et la jeta sur l'herbe. Il retourna ses poches et en laissa tomber tout ce qu'elles contenaient. Il rangea par terre ses belles boules de toutes couleurs.

« Je vous les donne, dit-il à Marthe ; elles sont pour vous. »

Il entra dans l'eau. Le bout de son pied l'avait à peine touchée, qu'il le retira vivement.

Marthe se mit à rire. Elle se penchait le plus possible. Jac s'assit sur la mousse du bord, et, frissonnant un peu, se laissa glisser lentement. Il se tourna vers Marthe, et avec une voix rieuse de petit saltimbanque, il cria : « Attention ! Je vais faire celui qui se noie. »

Les membres frappaient l'eau : son corps avait des contorsions. Des gouttes jaillissaient et pendaient aux feuilles, petites larmes claires.

Marthe, heureuse, battait des mains, et des points roses tremblaient sur ses joues.

Quand Jac, les cheveux plaqués, reparut, triton frêle, elle lui cria : « Tu imites joliment bien ! »

« Maintenant, reprit Jac, avec la même voix de boniment, nous allons faire le mort. »

Le rire suspendu, attentive, Marthe se pencha à tomber.

Jac se mit sur le dos. Il resta quelques instants immobile, les bras tendus. L'eau était à peine troublée. Il regardait Marthe, fixement, sa tête affleurant un peu.

Là-haut, bien haut, dans le miroir bleu d'un air pur, des hirondelles tournaient, minces cercles noirs.

Puis il enfonça, suivant une ligne oblique. Ses yeux restaient ouverts. Ils se voilèrent de paupières d'eau. Son front disparut. Son corps se rapetissa, devint pas plus grand qu'un Christ d'alcôve. L'eau le prit, le caressa doucement, l'enveloppa comme un lange, et le coucha sur les cailloux polis.

Autour de lui, des tessons de bouteilles brillaient, énormes émeraudes.

Une bulle d'air vint crever à fleur d'eau.

Sur le bord, un petit chien bouclé, lavé, peigné, au collier blanc, jappait.

Marthe, tout entière à l'acuité d'une sensation intense, muette, immobile, sans souffle, attendait :

« Car c'était parfait comme apparence. »

Héboutioux

I

De gros nuages noirs couraient, comme affairés, poursuivis par leurs ombres, sur le canal clair.

L'aubergiste Héboutioux bâilla :

« Encore une piètre journée ! »

Il se tenait droit sur sa porte, le visage tout jaune, d'apparence malade. Sa jambe de bois battait une mesure. Un bouchon desséché s'agitait au-dessus de sa tête, pendu à une tringle, lamentable. Des ceps de vigne grimpaient en espalier. À l'une des fenêtres, dans un entrebâillement de rideaux pauvres, sa femme regardait sur la route.

Elle était forte et fraîche et pinçait légèrement la peau de ses mains trop rouges, pour se faire des blancs.

Près d'elle, sur une assiette blanche, en une bouillie noire, des mouches s'asphyxiaient. De temps en temps, du bout du doigt, elle en prenait une pour la sauver.

La mouche retombait :

« Têtue, ça t'amuse de périr ! »

Héboutioux rentra :

« C'est fini pour aujourd'hui, Justine, personne ne viendra à c't'heure ! »

Cependant, ils espéraient encore.

Héboutioux tambourinait sur la table. Soudain, des grelots sonnèrent. Un fouet claqua : « Une voiture ! » fit Justine.

Héboutioux resta cloué. Il n'osait se réjouir.

« Vous verrez qu'elle passera tout droit. »

Elle s'arrêta, légère sur ses deux roues, peinte en vert.

Un monsieur très bien mis descendit.

Il avait une belle barbe noire, un teint pâle et assez de ventre, comme le type du blanc dans les géographies élémentaires. Il voulait casser une croûte seulement, puis continuer une grande excursion qu'il faisait dans le pays.

Justine, Héboutioux, se multipliaient, en quête de torchons, effarés, avec trop de pas et de gestes, comme s'ils avaient perdu l'habitude de servir.

Héboutioux avançait un tabouret de paille :

« Il regrettait, on réparait les chaises. »

Justine cassait une assiette, invitait Monsieur à rester, à coucher. Il verrait demain la fête du village.

Monsieur la fixait d'un air bienveillant.

« Je ne le puis. »

Ils se pressèrent moins, désappointés.

Mais Justine fit un signe de croix.

L'orage éclatait. La pluie tombait en rayons blancs. Les carreaux pleuraient comme des yeux. De petites gouttes jaillissaient par les fentes des croisées. Dehors, le cheval courbait la tête sous l'averse.

« Soit », dit le voyageur bien mis.

Il ajouta à Justine :

« Je bénis l'accident. »

Héboutioux fit rentrer la voiture sous la grange :

« Sa pratique ne s'en irait pas. »

Tous les trois regardaient l'orage.

Héboutioux lui souriait :

« On s'en moque quand on n'a pas à craindre pour ses blés, pour ses fruits. C'est même joli. »

Néanmoins, il compatissait aux malheurs des autres.

Le monsieur parlait d'une voix veloutée. Il expliqua la foudre avec des anecdotes de chevelures lumineuses et de bracelets fondus. Il dit son nom :

« Comtal.

– Plaît-il ?

– Comtal. »

Justine et Héboutioux se regardèrent : Comtal ! un nom de prince espagnol, ça !

II

Le lendemain, comme il était convenu, Justine et son homme alternèrent pour montrer la fête à M. Comtal. Ainsi le service au cabaret n'en pourrait souffrir.

Comtal admirait volontiers. Héboutioux se frottait les mains : on se pressait chez lui, grâce à la fête et pour voir l'étranger.

« Parlez-moi d'un voyageur de ce rapport ! »

Il insinuait, un peu courbé, tout mielleux :

« Monsieur Comtal, tenez, par ici. »

Des berlingots au caramel poissaient à l'ombre d'un grand parasol rouge. Des chevaux de bois estropiés tournaient, solitaires. Au milieu des cris, des farces, des rires, des joies bruyantes, un couple se balançait dans une odeur de sucre brûlé.

Des campagnards, en dimanche, erraient, allègres, émerveillés, hâbleurs, ou bien s'éternisaient à distance des boutiques, dont ils se défiaient comme de voleurs, avec des regards longs et des réflexions mesurées.

Et, doucereusement, Héboutioux guidait Comtal.

« Tenez, par ici. »

Une toile flottante se tendait sur des lunettes où, moyennant deux sous, on pouvait voir une apothéose après décès. Deux vieilles femmes marchandaient. Elles voulaient bien pour moitié prix. L'homme refusa, poliment, mais nettement.

Elles pensèrent :

« Il est mal disposé, nous reviendrons, il ne nous reconnaîtra point. »

Elles s'éloignèrent de quelques pas, puis y retournèrent.

L'homme s'emporta :

« Se fichait-on de lui, par hasard ? Il était bien libre, dans son commerce, et maître de fixer ses tarifs. »

Et, d'un geste large, il les envoya à la balançoire.

Elles s'entêtaient.

« Il nous rappellera. »

Quand ce fut au tour de Justine, Héboutioux rentra au cabaret. Il vit sa femme et Comtal se perdre dans la foule. Ses yeux luisaient dans sa figure couleur de bile.

« Il est pris », se dit-il, et dans l'auberge qui ne désemplissait pas, sa jambe de bois frappait le carreau d'une manière sonore, sûre d'elle-même, comme une vraie jambe.

Cependant Justine, en fichu bleu, plus fraîche et plus rouge, marchait près de Comtal, hardie et multipliant ses phrases : « Personne ne lui en imposait.

– Pas même quelqu'un de complet ? dit Comtal.

– Vous êtes malicieux. »

Comme un homme fort et quoique recherché dans sa tenue, il lui offrit le bras. Il aimait les choses simples et la trouvait belle.

Des quinquets s'allumaient aux boutiques. Les boniments montaient plus haut. Des bras gesticulaient comme pour agripper.

« Un coup de blanque, hein !

– Non, à quoi bon jeter son argent. J'aime mieux me balancer. Au moins, ça profite. »

Justine se tenait aux chaînes, la gorge gonflée, la tête en feu. Elle se laissait aller et s'imaginait se baigner dans du vent. Tout disloqué, avec d'énormes tensions et de gros soupirs, Comtal tirait.

Puis il lui promena son mouchoir autour du cou, dans le dos, très bas, comme une éponge, et le bout de ses doigts caressait la peau humide.

Justine poussait de petits cris, bien heureuse.

Un violon, une clarinette, un piston se firent entendre. On dansait dans la grange. Les musiciens dominaient, hissés sur la voiture de Comtal.

Il était parti. Il demanda une polka piquée. Les musiciens se consultèrent :

« Une polka, oui, mais piquée ?

– C'est à peu près pareil », dit Comtal.

Rien n'empêchait d'essayer.

Comtal et Justine s'élancèrent. Elle ne savait pas. Il la portait, vigoureux et cambré, frappant du talon, et tenant le bras de Justine à l'arracher.

La musique se réglait sur eux dans un cercle d'extasiés et d'envieuses.

Çà et là, des vieillards branlaient la tête : « De leur temps, c'était encore plus beau. »

Au-dessus des danseurs, la corde qui servait à hisser les bottes de foin et de paille était roulée en nœuds multiples, natte énorme.

Ils s'arrêtèrent en se faisant des saluts. Justine se retira sous un arbre de la route.

Comtal la suivit et devint familier. Elle avait sur le front de petites frisottes blondes et collées. Il s'amusait à les dérouler en s'y prenant délicatement. Elles se recroquevillaient en boucles, comme des ressorts.

Il fit sur elle l'essai de ses phrases.

« Vous sentez bon comme le poivre et comme le foin. »

Tout près d'eux, le canal tranquille dormait dans ses brumes pâlottes et transparentes. Autour d'eux coulait, diffuse, une musique lointaine où tombaient, comme des pierres dans une vitre, des cris discordants. Comtal souriait.

La lune échancrée écartait ses cornes fines comme une pince lumineuse. Justine frissonnait.

Là-bas, à l'auberge, près du bouchon desséché, sous les lampions multicolores, dont la lumière n'éclairait que le haut de la porte en en laissant le bas dans les ténèbres, une sorte de croissant mobile s'agitait sur le feuillage des ceps de vigne. Il s'arrêtait, puis remuait encore. On eût dit l'ombre vacillante de la lune.

« Est-elle drôle ainsi, dit Comtal, qui regardait la lune.

– C'est drôle, dit Justine, qui voyait l'ombre, en cherchant à s'expliquer, un peu effrayée, comme d'une apparition.

– Elle s'en va, dit Comtal.

– Je ne la vois plus, dit Justine.

– Vous tremblez ?

– J'ai froid.

– Moi, je me sens comme ceux qui font des vers. »

Quelqu'un s'approchait d'eux.

Héboutioux avait la bouche souriante et le regard mauvais. Il tenait une main derrière son dos, et Justine vit sauter dans l'autre une serpe de fer affilée et courbe.

« On se repose, dit-il ; tenez, j'ai ben cherché pour les trouver à votre goût ; ça va vous rafraîchir », et il tendit à chacun d'eux un beau raisin, doux comme du velours, qu'il venait de couper à la treille.

Comtal s'en barbouilla la face. Justine picotait silencieuse et remise de sa peur. Héboutioux dit à Comtal :

« Vous ne partez pas demain ; autant être ici qu'ailleurs, pas vrai ? »

Il avait presque un tremblement dans la voix.

« Je commence à m'y faire », dit Comtal.

Héboutioux s'éloigna, avaricieux assez pour ne rager qu'un peu de les laisser tous les deux, si près l'un de l'autre.

Comtal restait.

« Vous m'endormez dans trop de gâteries », disait-il à Justine satisfaite.

Héboutioux lançait des coups d'œil faux ; mais il se faisait gracieux avec effort. Sa bouche grimaçait.

Il lui vanta les plaisirs de la campagne, et Comtal rentrait courbaturé d'avoir regardé pendant des heures pailleter des goujons gris dans les nasses d'osier et les bouteilles vertes.

En un coin, près de la cheminée, sur une ardoise encadrée de bois blanc, « la note à M. Comtal » augmentait tous les jours.

De temps en temps, Comtal criait comme un enfant qu'on pince :

« Je veux m'en aller, je veux m'en aller. » Au fond, il se sentait pagnote pour cet effort, et d'ailleurs Héboutioux, plein de flair, trouvait toujours à temps, pour le retenir, des inventions subtiles et des paroles alléchantes.

Cependant toute une procession défiait au cabaret ; on s'y donnait des rendez-vous pour le soir, après les travaux. Les paysans s'attablaient avec des airs mystérieux. Ils buvaient à petits coups, et riaient sournoisement, sans ménager à Héboutioux les clins d'yeux qui avertissent, et les serrements de mains apitoyés.

« Il ne voyait donc rien ? »

Et d'autres :

« Commode, le truc pour faire aller les affaires. »

Aux entrées de Comtal, on chantonnait :

« Tiens, voilà le compère. »

Héboutioux payait d'audace.

« On le jalousait, il le savait bien. Qu'un bout de soleil se montre, les serpents affilent leurs langues ; mettre à la porte de bons voyageurs, alors ? »

Il affichait Comtal. On les voyait, bras dessus, bras dessous, braver les potins, comme des amis de naissance.

Cependant, d'une manière croissante, au teint de l'aubergiste montait comme un afflux une couleur de bile.

Justine se taisait, en femme docile qui n'a pas à se plaindre.

Le curé intervint.

« Il ne pouvait feindre une ignorance coupable. »

Il lui montra des jeunes filles qui passaient :

« De tels tableaux les dévergondent. »

Héboutioux se fâcha.

« C'est trop. Pour qui me prend-on ? Je les tuerais plutôt tous les deux et moi après. »

Le curé craignit un éclat et partit. Héboutioux s'épuisait en gestes extravagants, tout le corps frémissant comme pour secouer des hontes ; des larmes lui mouillaient les yeux et la voix.

« Vous avez oublié un souper sur l'ardoise », dit Comtal.

Un matin, il annonça :

« Je pars ce soir. »

Il l'avait souvent dit. Héboutioux voulut prier.

« Non, cette fois, c'est la bonne.

– Puisque vous êtes décidé. »

Héboutioux courba la tête.

« Ces choses-là n'arrivent qu'à moi. »

Justine ouvrait de grands yeux sur Comtal. Des paysans s'arrêtaient sans mot dire, comme si, revenus à des sentiments moins narquois, à l'approche du malheur, ils voulaient en prendre leur part, en frères.

« Vous êtes ben décidé ? répéta Héboutioux, en un ton d'homme qui met au pied du mur.

– Oui », dit Comtal.

Il était engraissé visiblement ; ses moustaches avaient un tour coquet. Ses joues remuaient doucement.

« Vous avez l'air agité, Héboutioux !

– Dame, quand les amis s'en vont. »

Héboutioux serrait les lèvres. À quoi bon maintenant des frais de sourire inutiles ? Il alla fermer les deux battants de la grange. Une petite porte s'ouvrait dans l'un d'eux.

IV

Le soir vint. Justine, toujours fraîche et rouge, prenait son parti. Elle préparait le dernier dîner.

Héboutioux additionnait la note.

« La règle, où est la règle ?

– Et celle-là, dit Comtal en lui montrant sa jambe de bois.

– Vous êtes facétieux ! dit Héboutioux d'une voix creuse : un mot savant que Comtal lui avait appris.

– Je vais atteler », dit Comtal.

Héboutioux se glissa dans la grange avant lui. Comtal, en sifflotant *Le Chant du Départ*, ouvrait le coffre de la voiture. Un nœud coulant lui tomba autour du cou. Il eut le temps d'étreindre la corde en ses mains, au-dessus de la boucle, le plus haut possible.

Le nœud ne se serra pas. Mais il fut enlevé, les doigts crispés, vers la poulie, dans le noir, tellement stupide qu'il ne cria pas.

Il entendait en bas une voix sourde :

« Manqué, tonnerre ! voilà le chiendent, à c't'heure ! »

Héboutioux tirait de toutes ses forces.

« Tu te lasseras, quand il faudrait me dessécher ! »

Au plus petit mouvement de détente, Comtal s'étranglait. Le nœud lâche lui battait le menton et les épaules.

« Noue donc ta cravate ! »

Héboutioux donnait à la corde des secousses vives.

Au bout qui se tordait à terre, le crochet de fer sautait avec des heurts métalliques comme un reptile furieux désarticulé. Le sol résonnait sous les coups secs du pied de bois.

« T'as balancé ma femme, chacun son tour. »

Les soupirs étouffés de Comtal se perdaient là-haut, dans les briques.

D'ailleurs, il ménageait ses forces et tâchait de garder l'immobilité d'un mort. Héboutioux dansait en délire, les yeux rouges.

« Tends donc la langue, mâtin sans feu ni lieu, cloche sans battant ! »

Une pièce de monnaie tomba par terre.

« Je suis payé, je ne vole pas. Dieu de Dieu ! que je m'amuse ! »

Tout à coup sa jambe de bois se prit au crochet de fer. Sans réfléchir, il se baissa pour la dépêtrer. La corde n'était plus tendue. Comtal descendit d'un trait, si brusquement qu'Héboutioux, moins lourd, monta pendu par sa jambe de bois et par une main. Soudain ils s'arrêtèrent.

Un nœud qu'on avait oublié de défaire depuis le soir des danses, trop gros pour passer dans la poulie, empêchait la corde de couler plus bas.

Et tous les deux, désemparés, suspendus, dans un balancement qu'ils ne pouvaient maîtriser, incapables d'efforts l'un et l'autre, gigotaient et se heurtaient comme de grands faucheux qui s'acharnent. Sur leurs têtes, les tuiles mal jointes laissaient passer par leurs trous des pointes de jour qui glissaient sur les fétus de paille comme des regards curieux.

V

Dans l'auberge, Justine arrangeait gentiment des brins de réséda dans le verre de M. Comtal.

« Il s'en ira, vous verrez. Ce n'est pas de ma faute si ce qui arrive, arrive. Bah ! il en viendra d'autres. »

Puis elle appuyait sur le bord de la fenêtre ses mains soignées et tendait la tête.

« Qu'est-ce qu'ils font donc qu'ils ne viennent pas ? Boutioux ! Boutioux ! »

« Quoi, alors ? des pendants d'oreilles ?

– Non, j'en ai.

– Un petit couteau qui se ferme ?

– Non, ça coupe l'amitié. »

Yvon s'acharnait.

« Tu trouveras pas, dit Yvone.

– Dis, toi. »

Yvone avoua son désir :

« Je veux manger des oiseaux : mène-moi à la pipée. »

Yvon ne s'attendait pas à celle-là et n'osait répondre. Lequel des deux se moquait de l'autre ? Mais Yvone avait tout l'air tranquille d'une fille peu encline à mal faire.

Il fit l'indifférent.

« S'il ne faut que cela pour te contenter », dit-il.

Et il la prit par la main pour monter au bois.

« As-tu des pipeaux pour imiter les cris ? dit Yvone.

– Point n'en est besoin, dit Yvon.

– Et de la glu ?

– Ne t'inquiète pas de ça. »

Il balançait son corps nonchalamment, d'une façon gauche, rusé.

Des chèvres brunes, dont les cornes ressemblaient à des dents de herse, des moutons floconneux rentraient par troupeaux mêlés. Aux cris des bergers : – trie, trie, trie, – ils se divisaient docilement, et chaque bande rentrait à son toit.

Le soleil se couchait.

« C'est le moment, dit Yvon : l'horizon communie.

– S'pas ! nous ferons des guirlandes d'oiseaux morts ! »

Cependant un doute vint à Yvone.

Tout le monde lui parlait de la pipée, et, jusqu'à ce jour, personne n'avait voulu l'y conduire. On riait même, en se dérobant à ses prières pressées.

« Si c'était une menterie », dit-elle.

Yvon jura sur tout ce qu'on voudrait.

Puis il coupa deux baguettes longues et flexibles dont il ôta soigneusement les feuilles et les nœuds.

« Tiens, comme ça ; un seul coup sec sur la tête, quand ils dorment, et ils tombent comme des prunes mûres.

– Je n'y croyais point », dit-elle.

Il ajouta, pour paraître plus nature :

« On les manque souvent.

– Mais, les pipeaux et la glu ?

– Nous les trouverons là-bas ; même y en a qui s'en passent. »

Ils marchaient entre deux haies, sur un gravier lisse qui devenait lit de torrent aux gros orages.

Une vieille femme en haillons, courbée sous une besace de pain, leur cria :

« Je vous souhaite ben de l'agrément. »

Yvon avait, comme un berger d'opérette, des sabots de bois blanc, d'où sortaient des brins de paille, une culotte courte, et, sur sa chemise, une peau de mouton dont les deux pattes de devant se nouaient autour du cou.

Yvone, en corset, portait une jupe à grandes raies rouges sur fond bleu. Ils se poussaient et se bousculaient, comme ivres, et Yvone l'était un peu de tout le plaisir qu'elle se promettait au carnage des oiseaux.

Exubérante, pleine de santé, elle parlait et riait avec tapage.

Toute la campagne éclatait comme une peinture fraîche, avec des horizons d'odeurs. Des deux côtés du chemin, les mûres rouges saignaient ; les cenelles rouges saluaient ; les gratte-culs rouges haussaient la tête ; les prunelles, encore vertes, couraient, éparses comme des perles de colliers brisés. Yvone, animée, avait grande hâte d'arriver et s'imaginait des rangs serrés d'oiseaux ; perchés sur les branches, endormis, la tête sous l'aile, tout exprès pour un petit massacre amusant.

« Toc ! » – quelque chose de blanc, une gouttelette coulait de leur tête, et ils roulaient dans le tablier grand ouvert, l'un après l'autre, sans un cri, les pattes raidies.

On les enfilerait, puis on reviendrait tout enrubannés, comme des bohémiens en parade.

Du bout de sa baguette, elle abattait des fleurs pour se faire la main.

« Tu pourras choisir, dit Yvon.

– J'aimerais les mésanges, disait Yvone.

– Cependant, les pinsons !

– Oui, mais le rouge-gorge...

– Le roitelet est doux.

– Le pic-maçon est tendre !

– Je prendrai le bouvreuil et je te laisserai le gobemouche », dit Yvon avec esprit.

Yvone ne comprit pas ; elle faisait la revue des oiseaux et se décida :

« J'aurai beaucoup de fauvettes avec assez de moineaux et un peu de linottes. »

Yvon, peu sérieux, voulut badiner.

Il la couronnait de traînasse, comme une mariée, lui fourrait des cétoines dans le cou, la tachait avec des mûres.

« Tiens, ton bonnet saigne du nez ! »

Mais elle n'était pas venue pour des jeux futiles.

« Cependant, à ton âge, un galant...

– J'y pensais ; que je t'y prenne, à deviser d'amour !

– J'en vaux un autre.

– T'es un beau gars ; mais j'vas te donner des coups de tape. »

Par politique, Yvon, futé, s'en tint là.

Ils traversaient un chaume vallonné. Çà et là des flaques d'eau miroitaient au milieu des bosses de terre fraîchement remuées.

« C'est le cimetière des bêtes », dit Yvon.

Il était environné de vignes, où un peu de brise se lamentait.

Yvone eut un frisson ; elle se rapprocha d'Yvon. Ils arrivaient au bois. La nuit s'annonçait douce et sereine.

« Il est trop tôt », dit Yvon.

Ils attendirent au bord. D'un coup de bec délicat, des piverts piquaient des mouches sur l'écorce des arbres. Des bécasses fusaient, comme lancées sur les clairières, amoureuses. Dans le crépuscule, le bois se couvrait de brumes blanches. Elles s'accrochaient à des pointes de branches, comme à des doigts complaisants, se creusaient en lits, se gonflaient en édredons, s'enfonçaient à travers les feuilles, s'envolaient en filoches capricieuses ou restaient suspendues en l'air, retenues on ne sait où, immobiles, comme si des laveuses invisibles eussent étendu leur linge. Elles s'épandaient partout, sur les bruyères, sur la terre labourée. Le village nageait tout entier dans une teinte d'ardoise. On n'apercevait plus que le coq du clocher, dont le bec de fer chantait l'heure. Les champs bariolés dégringolaient à la rivière, qui se cachait derrière un rideau de vapeurs.

On eût dit qu'il se préparait une scène et que toute la terre montait dans les nuages.

Au loin, une meute aboyait.

« Regarde, est-ce tapé ? dit Yvon.

– Oh ! moi, ça m'est égal ; les oiseaux, les oiseaux !

– Es-tu maligne ? T'as ben le temps ; laisse-les s'endormir. »

Yvone avait peur.

« Si un fantôme s'allongeait et nous touchait du doigt !

– Ça arrive quelquefois. »

Pour l'effrayer, Yvon se cachait dans l'ombre.

Elle criait :

« Où que t'es donc, où que t'es donc ? » d'une voix basse, et se serrait contre lui, effarouchée.

Afin de s'étourdir, elle l'entraînait dans le bois, à la tuerie.

« Laisse-les donc s'endormir ! »

Cependant, il la suivit.

Ils marchaient sur la pointe du pied, comme des voleurs. Les feuilles sèches craquaient sous leurs pas. Yvon alluma une lanterne sourde. Il la promenait le long des branches, sans bruit, sous les feuilles. Yvone le tenait par sa peau de mouton. Tout son corps tremblait. La baguette levée, prête à frapper, elle ouvrait les yeux, ne voyait rien.

« Où donc qu'ils sont ?

– Minute ! dit Yvon, la lune va se lever ; viens plus par là, plus par là. »

En attendant, tous les deux désiraient des yeux de chats.

Yvone fit voir l'injustice :

« En effet ! pourquoi les bêtes ?...

– Tais-toi ! »

Yvone retint son souffle.

« Un nid, disait Yvon ; vois-tu ?

– Non, disait Yvone.

– Penche la tête. »

Yvon écartait les branches et les ronces. Une toile d'araignée se tendait. Il semblait que l'oiseau avait eu l'esprit de la laisser là pour tromper les dénicheurs.

« Où donc ? disait Yvone.

– Baisse-toi, disait Yvon, plus bas, plus bas. »

Cependant, du milieu d'un nuage, comme entre deux lèvres, la lune pénétrait le bois de tant de clarté, que le bois semblait être dans la lune.

Il y eut comme un réveil, un clapotage de petits cris, de battements d'ailes doux comme des baisers aériens, un concert diffus, tout le bruissement que ferait un immense sourire épandu.

Tout sortait du silence comme pour surprendre un mystère. Des souffles remuèrent les branches, les feuilles se soulevaient comme des paupières.

Les yeux s'ouvraient à des rais de lumière ; chaque oiseau, mal endormi, tendit la tête et regarda.

Sur une mousse grise, dans une pulvérulence lumineuse, Yvon et Yvone, côte à côte, dormaient, plus près encore, les doigts unis.

Yvon avait la tête appuyée entre deux branches, près du nid défait.

Yvone rêvait qu'enfouie dans un lac de plumes, elle donnait à boire à Yvon, dans le creux de sa main, un peu de sang tiède de rossignol.

Par terre, entre les baguettes oubliées, la lanterne sourde veillait sur eux, comme une étoile descendue.